# 蓝房子

北岛集

# 蓝房子

生活·讀書·新知 三联书店

2001年从美东开车到美西的路上

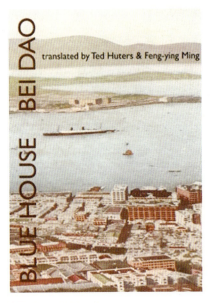

《蓝房子》英译本封面

托马斯和蓝房子(2011年,北岛摄影)

和艾伦·金斯堡、严力在金斯堡家(1988年)

与帕斯(右二)在墨西哥莫尔里亚(1993年)

和刘羽在波兰克拉科夫(2002年秋)

和加里·施耐德（2009年，廖伟棠摄影）

舒婷、北岛、谢烨和顾城等在成都
（1986年，肖全摄影）

# 三联版小序

窗户，纸和笔。无论昼夜，拉上厚窗帘，隔绝世上的喧嚣，这多年的习惯——写作从哪儿开始的？

面对童年，与那个孩子对视。皆因情起，寻找生命的根。从十五岁起，有个作家的梦想，根本没想到多少代价。恍如隔世，却近在咫尺：迷失、黑暗、苦难、生者与死者，包括命运。穿越半个世纪的不测风云——我头发白了。

按中国人说法，命与运。我谈到俄国诗人曼德尔施塔姆。除了外在命运，还有一种内在命运，即常说的使命。外在命运和使命之间相生相克。一个有使命感的人，必然与外在命运抗争，并引导外在命运。

十九岁那年当建筑工人，初试动笔，这是出发的起点。众人睡通铺，唯我独醒。微光下，读书做笔记，静夜，照亮尊严的时刻。六年混凝土工，五年铁匠，劳动是永恒的主题——与大地共呼吸。筑起地基，寻找文字的重心；大锤击打，进入诗歌的节奏。感谢师傅们，教我另一种知识。谁引领青春岁月，在时代高压下，在旱地的裂缝深埋种子。

四十不惑,迎风在海外漂泊。重新学习生活、为人之道,必诚实谦卑。幸运的是,遇上很多越界的人,走在失败的路上。按塞缪尔·贝克特的说法,失败,试了,失败,试了再试,多少好点儿。谁都不可能跨越,若有通道,以亲身体验穿过语言的黑暗。打开门窗,那移动的地平线,来自内在视野。

写作的人是孤独的。写作在召唤,有时沉默,有时叫喊,往往没有回声。写作与孤独,形影不离,影子或许成为主人。如果有意义的话,写作就是迷失的君王。在桌上,文字越过边缘,甚至延展到大地。如果说,远行与回归,而回归的路更长。

我总体愚笨。在七十年代地下文坛,他们出类拔萃,令我叹服,幸好互相取暖,砥砺激发。我性格倔强,摸黑,在歧路,不见棺材不掉泪。其实路没有选择,心是罗盘,到处是重重迷雾,只能往前走。

很多年过去了。回头看,沿着一排暗中的街灯,两三盏灭了,郁闷中有意外的欣喜:街灯明灭,勾缀成行,为了生者与死者。

北岛<br>2014年12月8日

# 目　录

**辑一**

3　艾伦·金斯堡
14　诗人之死
21　盖瑞·施耐德
27　纽约骑士
33　克莱顿和卡里尔
39　异乡人迈克
45　上帝的中国儿子
52　约翰和安
58　美国房东
63　帕斯
73　蓝房子

**辑二**

87　彭刚
93　波兰来客
99　胡金铨导演
104　证人高尔泰

110 单线联络

**辑三**

119 乌鸦
128 猫的故事
134 家长会
140 女儿
146 夏天
152 纽约一日

**辑四**

161 搬家记
171 开车记
176 赌博记
185 朗诵记
195 饮酒记
204 旅行记
213 南非行

# 辑一

# 艾伦·金斯堡

## 一

艾伦得意地对我说:"看,我这件西服五块钱,皮鞋三块,衬衣两块,领带一块,都是二手货,只有我的诗是一手的。"

提起艾伦·金斯堡(Allen Ginsberg),在美国几乎家喻户晓。这位美国的"垮掉一代"(Beat Generation)之父,自二十世纪五十年代因朗诵他的长诗《嚎叫》(*Howl*)一举成名,成为反主流文化的英雄。他在六十到七十年代席卷美国的反越战抗议浪潮和左翼造反运动中,扮演了重要角色。可以毫不夸张地说,没有他,这半个世纪的美国历史就会像一本缺页的书,难以卒读。

我和艾伦是1984年认识的,当时他随美国作家代表团第一次到中国访问。在我的英译者杜博妮(Bonnie

McDougall）的安排下，我们在他下榻的旅馆秘密见面，在场的还有他的亲密战友盖瑞·施耐德（Gary Snyder）。说起来我是"有问题的人"，是正在进行中的"反精神污染运动"的重点审查对象，被停职反省。我对那次见面的印象并不太好：他们对中国的当代诗歌所知甚少，让他们感兴趣的似乎是我的身份。

再次见到艾伦是四年以后，我到纽约参加由他组织的中国诗歌节。刚到艾伦就请我和邵飞在一家日本餐馆吃晚饭。作陪的艾未未用中文对我说："宰他丫的，这个犹太小气鬼。"我不知他和艾伦有什么过节。对我，艾伦彬彬有礼，慷慨付账，并送给我一条二手的领带作纪念。但在席间他明显地忽视了邵飞。都知道他是个同性恋，谁也没在意。赞助那次诗歌节的是纽约的浴帘大王——一个肥胖而傲慢的老女人，动作迟缓，但挺有派头。据说艾伦的很多活动经费都是她从浴帘后变出来的。艾伦总是亦步亦趋、点头哈腰地跟在老太太身后，像个贴身仆人，不时朝我挤挤眼。我真没想到，这家伙竟有这般能屈能伸的本事。

此后见面机会多了，开始熟络起来。1990年夏天，我们在汉城举办的世界诗歌大会上相遇。艾伦总是衣冠楚楚（虽然都是二手货），跟那些韩国的官员谈释放政治犯，谈人权。让组织者既头疼又没辙：他太有名了。在官方的宴会上，大小官员都慕名而来，跟他合影留念。艾伦总是拉上我，躲都躲不开。有一回，一个地位显赫的官员，突然发现我正和他们分享荣耀，马上把我推开。我从来没见过艾伦发这么大脾气，他对着那个官员跳着脚大骂："你这个狗娘养的！你他妈知道吗？这是我的好朋友！中国诗人！"官员只好赔礼道歉，硬拉着我一起照相，让我哭笑不得。再碰上这样的场合，我尽量躲他远点儿。

我问艾伦为什么总是打领带。他的理由很简单：其一，他得和那些政客谈人权；再者呢，他狡猾一笑，说："不打领带，我男朋友的父母就会不喜欢我。"

在汉城，会开得无聊，我们俩常出去闲逛。他拿着微型照相机，像个间谍到处偷拍。一会儿对着路人的脚步，一会儿对着树梢的乌鸦，一会儿对着小贩做广告的黏满蟑螂的胶纸。走累了，我们在路边的草地上歇脚，他教我打坐。他信喇嘛教，最大的愿望是有一天能去西藏。饿了，钻进一家小饭馆，我们随意点些可口的小吃。渴了，想喝杯茶，却怎么也说不清楚。我干脆用食指在案板上写下来，有不少朝鲜人懂汉字。老板似乎明白了，连忙去打电话。我们慌忙拦住：喝茶干吗打电话？莫非误以为我们要找妓女？但实在太渴了，我们又去比画，作饮茶状。老板又拿起电话，吓得我们撒腿就跑。

晚上，我们来到汉城市中心的夜总会。这里陪舞女郎缠着艾伦不放。没待上十分钟，他死活拉着我出来，说："我应该告诉她们，我是个同性恋。"我们迎面碰上一群美国留学生。他们一眼认出了艾伦："嗨！你是金斯堡？""我是，"艾伦马上问，"这附近有没有同性恋俱乐部？"众人大笑。其中一个小伙子为他指路。但我声明绝不进去，艾伦在门外转了一圈，只好作罢。

艾伦很念旧。在纽约他那狭小的公寓里，他给我放当年和《在路上》（*On the Road*）的作者凯鲁亚克（Jack Kerouac）一起喝酒聊天的录音，脸上露出悲哀。他讲起凯鲁亚克，讲起友谊、争吵和死亡。他叹息道："我那么多朋友都死了，死于酗酒、吸毒。"我告诉他，我们青年时代为《在路上》着魔，甚至有人能大段大段地背诵。让我感动的是，他和死者和平共处，似乎继续着多年前的交谈。我甚至可以想象，他独坐家中，反复听着录音带，看暮色爬进窗户。

前车之鉴，艾伦不吸烟不喝酒，除了偶尔有个把男朋友，他过着近乎清教徒的生活。但他是个真正的工作狂。他最忙的时候雇了三个半秘书。他们忙得四脚朝天，给艾伦安排活动。艾伦反过来对我说："我得拼命干，要不然谁来养活他们？"这纯粹是资本家的逻辑。艾伦告诉我，他是布鲁克林学院（CUNY-Brooklyn College）的终身教授，薪水不错，占他全部收入的三分之一，另外版税和朗诵费占三分之一，还有三分之一来自他的摄影作品。和他混得最久的秘书鲍勃（Bob）跟我抱怨："我是艾伦的脑子。他满世界应承，自己什么也记不住，最后都得我来收拾。"

从艾伦朗诵中，仍能看到他年轻时骄傲和野蛮的力量。他的诗是为了朗诵的，不是为了看的。有一次在新泽西的诗歌节上，艾伦和我一起朗诵。他读我的诗的英文翻译。他事先圈圈点点，改动词序。上了台，他就像疯狂的火车头吼叫着，向疯狂的听众奔去，把我孤单单地抛在那里。以后我再也不敢请他帮我读诗了。

去年他过了七十岁生日。他身体不好，有心脏病、糖尿病。医生劝他不要出门旅行。最近他在电话里告诉我，他常梦见那些死去的朋友，他们和他谈论死亡。他老了。

我想起他的长诗《嚎叫》里的头一句："我看见这一代精英被疯狂毁掉……"（I saw the best minds of my generation destroyed by madness...）

二

下午有人来电话，告诉我艾伦今天凌晨去世。我把自己关在房间里，脑子一片空白。傍晚我给盖瑞·施耐德打了个电话。盖瑞的声音很平静，他告诉我最后几天艾伦在医院的情况。医生查出他得了肝癌，还有三五个月可活。艾伦最后在电话里对他说："伙计，这意味着再见了。"

我记得曾问过艾伦，他是否相信转世。他的回答含混，几乎是否定的。他信喇嘛教是受盖瑞的影响，东方宗教使他那狂暴的灵魂安静下来，像拆除了引信的炸弹。他家里挂着西藏喇嘛教的唐卡，有高师指点，每年都到密歇根（Michigan）来参加禅习班。他和盖瑞不一样，信仰似乎不是通过内省获得的，而是外来的，带有某种强制性。他的禅习班离我当时的住处不算远，他常从那儿打电话约我过去玩，或溜出来看我。我叫他"野和尚"。

在安娜堡（Ann Arbor）有个喇嘛庙，住持是达赖喇嘛的表弟，艾伦的师父，在喇嘛教里是个自由派，比如重享乐，主张性开放，受到众多喇嘛的攻击。我想他的异端邪说很对艾伦的胃口。艾伦请我去听他讲道。这是我有生头一回。说是庙，其实只是普通的房间布置成的经堂，陈设简朴，地板上散放着一些垫子。艾伦是贵宾，我又是艾伦的客人，于是我们被让到显要的位置，席地而坐。听众四五十，多是白人，来自不同的社会阶层。住持方头大耳，一脸福相。他先介绍了艾伦和我，然后开始讲道。那是一种东方的智慧，讲的都是为人之道，浅显易懂，毫不枯燥。艾伦正襟危坐，双目半闭。

东方宗教有一种宽厚的力量，息事宁人。再说对像艾伦这样西方的造反者来说，只能借助基督教以外的精神力量才能向其传统挑战。而艾伦在东方又恰恰选择了一种边缘化的喇嘛教，把自己和一块粗犷而神秘，充满再生能力的土地与文化结合起来。

艾伦的眼睛里有一种真正的疯狂。他眼球突起，且不在同一水平上。他用一只眼看你，用另一只眼想心事。他送我一本他的摄影集。在这些黑白照片里，你可以感到他两只眼睛的双重曝光。其中多是"垮掉一代"的伙伴，大家勾肩搭背，神情涣散，即使笑也显得很疲倦。在艾伦试图固定那一瞬间的同时，焦点显得游移不定，像他另一只想心事的眼睛。声音沉寂，色彩褪尽，他让人体验到消失的力量，一种真正的悲哀。有一张是艾伦自拍的照片。他赤裸地盘腿坐着，面对浴室的镜子，相机搁在两腿中间。他秃顶两边的浓发翘起，目光如炬。这张照片摄于二十多年前。他想借此看清自己吗？或看清自己的消失？

艾伦是我的摄影老师。1990年在汉城，他见我用傻瓜相机拍照，就嘲笑说："傻瓜相机把人变成了傻瓜。"他建议我买一个他那样的手动的Olympus微型相机。他告诉我，这种相机轻便小巧，便于抓拍，而且一切都可以控制，你能获得你想获得的效果。但现在已不生产了，只能买到二手货。他警告说，千万不要用闪光灯，那会破坏空间感，把景物压成平面。最好用高感光度的胶片解决曝光不足的问题。第二年春天在纽约重逢，我真买到了一个那样的相机。艾伦问我在哪儿买的。这位二手货专家在手里把玩着，对新旧程度和价钱表示满意。接着他教我怎样利用光线，以及在光线不足的情况下如何夹紧双臂，屏住呼吸，就这样——咔嚓咔嚓，他给我拍了两张。

艾伦总是照顾那些穷困潦倒的"垮掉一代"的伙计。据说他多年来一直接济诗人科尔索（Gregory Corso），买他的画，给他生活费。我在艾伦的公寓里见过科尔索。他到之前，艾伦指着墙上几幅科尔索的画，一脸骄傲。科尔索很健硕，衣着随便，像纽约街头的建筑工人。

我们坐在方桌前喝茶。艾伦找来我的诗集，科尔索突然请我读一首我的诗，这在诗人之间是个奇怪的要求。我挑了首短诗，读了，科尔索咕噜了几句，好像是赞叹。艾伦坐在我们之间，不吭声，像个证人。然后他请我们去一家意大利餐馆吃午饭。路上科尔索跟艾伦要钱买烟，艾伦父亲般半信半疑，跟着他一起去烟摊，似乎怕他买的不是香烟，而是毒品。

艾伦极推崇科尔索的诗歌才能，建议我翻成中文。他专门带我到书店，买了本科尔索的诗选《思想场》（*Mindfield*）送给我，并把他认为重要的作品一一标出。我与朋友合作译了几首，发表在《今天》杂志上。艾伦很兴奋，让我马上寄一本，由他转给科尔索。

走在街上，艾伦常常会被认出来，有人就近在书店买本诗集，请他签名。他只要有时间，会几笔勾出有星星和蛇神陪衬的佛像，佛爷还会发出哈的一声，不知是祈祷，还是愤怒。艾伦对我说："我签得太多了。有一天我死了，每个签名也就值两块钱吧？"两年前，艾伦以一百万美元的高价，把他全部手稿和来往信件卖给了斯坦福大学图书馆，成了一大新闻。艾伦告诉我，如果把他的每张纸片都算上，平均最多才值一块钱。再说这笔钱缴税后只剩六十万，他打算在附近买个大点儿的单元，把他的继母接过来。

艾伦曾在安娜堡搞过一次捐款朗诵会，四千张票一抢而空。这件事让我鼓起勇气跟艾伦商量，作为我们的顾问，他能不能也为一直入不敷出的《今天》杂志帮个忙。艾伦痛快地答应了，并建议除了施耐德，应再加上费林盖蒂（Lawrence Ferlinghetti）和麦克卢尔（Michael McClure）。朗诵会订于去年10月初，那时"垮掉一代"的干将云集旧金山，举办四十周年的纪念活动。没想到艾伦病了，没有医生的许可不能出门。盖瑞转达了艾伦的歉意，并告诉我，医生认为他的病情非常严重，随时都会死去。

说来我和艾伦南辕北辙，性格相反，诗歌上志趣也不同。他有一次告诉我，他看不懂我这些年的诗。我也如此，除了他早年的诗外，我根本不知他在写什么。但这似乎并不妨碍我们的友谊。让我佩服的是他对权力从不妥协的姿势和戏谑的态度，而后者恰恰缓和了前者的疲劳感。他给我看过刚刚解密的五十年前联邦调查局对他的监视报告。我想这五十年来，无论谁执政，权力中心都从没有把他从敌人的名单抹掉。他就像个过河的卒子，单枪匹马地和严阵以待的王作战，这残局持续了五十年，而对峙本身就是胜利。

此刻，我端着杯酒，在纽约林肯中心的大厅游荡。我来参加美国笔会中心（PEN American Center）成立七十五周年的捐款晚宴。在客人名单上有艾伦，但他九天前死了。我感到那么孤独，不认识什么人，也不想认识什么人。我在人群中寻找艾伦。

# 诗人之死

艾伦·金斯堡死于去年4月5号，中国的清明节。据说当时他已处于昏迷状态，而病房挤满了朋友，喝酒聊天，乱哄哄，没有一点儿悲哀的意思。那刻意营造的气氛，是为了减轻艾伦临终的孤独感：人生如聚会，总有迟到早退的。正当聚会趋向高潮，他不辞而别。我琢磨，艾伦的灵魂多少与众不同，带着嘶嘶声响和绿色火焰，呼啸而去。我想起《嚎叫》序言中的一句话：女士们，抓住你们的裙子，现在准备下地狱啦……[1]

今天是艾伦去世一周年。

---

[1] 在《嚎叫》(*Howl and Other Poems*, San Francisco: City Lights, 1956) 序言中，诗人威廉·卡洛斯·威廉姆斯（William·Carlos·Williams）写道: "Hold back the edges of your gowns, Ladies, we are going through hell."

我到纽约上州的一所大学朗诵，路过纽约。阳光明媚，能在汽车声中听见鸟叫。我穿过时代广场，沿十四街，拐到第三大道。这是没有艾伦的纽约。

行人被红灯挡住了。他们肤色年龄性别不同，但眼睛极其相像：焦躁、空洞、不斜视。偶尔有几个东张西望的，没错，准是外地人，如我。绿灯亮了，他们急匆匆的，连狗都得跟上那步调。艾伦的诗用的正是纽约的节奏，他像个疯狂的梭子，把一切流动的、转瞬即逝的都织成诗行。现在终于歇了。人们把这梭子收进抽屉，再钉上。这是个不再需要诗歌的时代。很多年了，他的愤怒显得多余。久而久之，那情形有点儿尴尬。他死的那天，盖瑞·施耐德在电话里对我说，平时有意忽略艾伦的媒体，这回可要来劲儿了。果然，不过在这一点上，媒体体现了民意：美国人纪念，是为了尽快忘掉他们的过去。

我住在安娜堡时，他常深更半夜来电话，声音沙哑："我是艾伦。"他跟我东拉西扯，谈梦，谈最近的旅行，谈他的男朋友。我不属于他的圈子，这种闲聊对他很安全。

有一天，他在我的电话录音机留言，声音气急败坏。原来有个住波士顿的中国人被同行打了，状告到艾伦法官那儿。他得到的情报相当具体：鼻青脸肿。"为什么要打得鼻青脸肿?"

他在电话里怒吼,似乎马上要发表一个关于鼻青脸肿的声明,再让媒体相互打得鼻青脸肿。

"为什么鼻青脸肿!"他又问。我试着帮他厘清那鼻青脸肿的历史,没用,他越听越糊涂。

中国人的事他是永远弄不清的。

艾伦有过中国男朋友,是个来自云南的小伙子,用的是笔名。我在艾伦家见过他。他个头不高,很精明,在国内大学读英文专业时,他写信结识了艾伦。艾伦早就告诉我,他要为一个中国小伙子做经济担保,让他来纽约读书。我当时还纳闷,他老人家哪儿来的这份慈悲心肠?小伙子一到就住进艾伦家,管家、做饭,兼私人秘书。艾伦很得意,不用下馆子,天天吃中国饭。那天我去艾伦家,只见小伙子手脚麻利,一转身,四菜一汤。艾伦也待他不薄,除了给他缴学费,还另付工资。几年后,小伙子攒够了一笔钱,回国办喜事。艾伦告诉我,那小伙子是个双性恋,他诡秘一笑,说:"他什么都想试试。"

他老了,只能守株待兔,朗诵是个好机会。他怒吼时八成两眼没闲着,滴溜溜乱转,寻找猎物。等到售书签名,搭讪几句,多半就会上钩。我想同性恋之间的信息识别系统并无特别之处,也少不了眉目传情。有个小伙子在等待签名时告诉艾伦,他也写诗。正好——有空到我家,我教你。"诗太差,不可救药。"说到此,艾伦叹了口气,"他太年轻了,只有十九岁。"听起来有股惋惜的味道。

市面上出版了两本艾伦的传记。按他的说法,一本是马克思主义的,一本是弗洛伊德式的。我问他觉得怎么样?他摇摇头,"挺有意思,但都不是我。"

我从不问艾伦的私生活。他说,我听着。一天夜里,凯鲁亚克喝醉了,在艾伦家借酒撒疯,和别的客人大打出手。忍无可忍,艾伦把他赶出去。他砸门,在外面叫喊,引起邻居的抗议,再放他进来,他更疯了……那真是灾难,艾伦叹了口气。那夜是他的伤口,一辈子也愈合不了。

生者与死者往往有一种复杂的关系。艾伦和我并非莫逆之交,但死后,他的影像总是挥之不去。死亡好像是一种排队,艾伦排前头,眼见着他的大脑袋摇来晃去,他忽然转过身来,向我眨眼。

记得艾伦来安娜堡看我,在我住处门口,他搂着我,用湿漉漉的厚嘴唇猛亲我腮帮子。站在旁边的李点看傻了,用胳膊肘拱拱我:"老头子是不是喜欢上你了?"

1993年秋天,我到东密歇根大学(Eastern Michigan University),在英语系做客座教授。那时我刚从欧洲过来,英文结结巴巴,只有听课的份儿。一个沉默的教授!我唯一能做的就是为大学开个朗诵会。我向艾伦求救,请他撑腰,他一口答应。这,等于请神仙下凡,把小庙的住持乐坏了。但经费有限,而艾伦的价码是天文数字。艾伦很痛快:"为哥们儿,我可以分文不取。"他的秘书鲍勃气哼哼地嘟囔:"他,他可没经过我同意。"

礼堂挤得满满的,不少听众坐在台阶上。那天艾伦精神特别好,比我音量大十倍,根本不需要扩音器。他那些俏皮的脏字把学生们逗得哄堂大笑。我发现他近些年的诗中,对器官的重视远远超过政治。结束时,我们一起按中国的绿林传统,向观众抱拳致意。

1990年夏天,汉城。上午开会,艾伦把我拉到一边,叮嘱我晚上别出门,有人来接我们,还有俄国诗人沃兹涅先斯基(Andrei Andreevich Voznesensky)。记住,别告诉任何人,他把食指贴在厚嘴唇上。

艾伦积几十年地下斗争之经验,巧妙地避开了盘查,把我和沃兹涅先斯基领上汽车。一个中年汉子跟我们握手。出城上山,道路越来越荒凉,最后在夜色中的住宅区停下。一帮孩子叽叽喳喳,把我们拥进一家临坡的院落。有女人尖叫,一个人影应声出来,双手合十。据中年汉子介绍,这是朝鲜有名的庙外高僧。三个超级大国的叛贼逆子,加上一个高丽野和尚,真可谓四海之内皆兄弟。

高僧家眷在院子里支起小桌,端来饭菜,斟上家酿米酒。我们席地而坐,中年汉子做翻译。那高僧黝黑,结实得像砍柴的。他从不念经,娶妻生子,能诗善画,还出过不少书。有些画,是把毛笔绑在"那话儿"上作的,可见其野。艾伦平时滴酒不沾,也跟着众人干杯。沃兹涅先斯基开始发福,总乐呵呵的,跟想象中的那个解冻时期愤怒而尖刻的俄国诗人相去甚远。月朗星稀,酒过三巡,我们的话题散漫,从中国古诗到朝鲜的政治现状。

回旅馆路上,艾伦毫无倦意,大谈野和尚。他就是这样,凡是跟当局过不去的、惊世骇俗的、长反骨的、六指的,还有鼻青脸肿的,统统都是他的朋友,恐怕这就是他十五年前在北京跟我秘密会面的主要原因。

艾伦死前的最大愿望就是去趟西藏。他盘算了很多年,最后把时间锁定在1996年夏天,跟旅游团混进拉萨。年初他跟我叨唠此事时,又决定西藏之行后,秘密访问北京、上海。他问我能不能安排他和年轻诗人见见面。不久,他病倒了,死亡没收了他的计划。

诗人之死,并没为这大地增加或减少什么,虽然他的墓碑有碍观瞻,虽然他的书构成污染,虽然他的精神沙砾暗中影响那庞大机器的正常运转。

# 盖瑞·施耐德

盖瑞请我到他的写作课上去讲讲。他告诉我，只要天气许可，他的课几乎都在户外。我们来到戴维斯（Davis）植物园的一片草坪上，同学们把两张野餐桌并起来。那形式有点儿像野餐，不过吃的是诗。盖瑞坐在中间，他问谁最近写了诗。大家互相看看，一个胖乎乎的女孩子举起手，开始背诵，声音有点儿紧张。一首情诗，关于爱人的眼睛。盖瑞闭眼倾听，他请女孩子再背一遍。她得到鼓励，深吸了口气，这回声音舒展，很动情。盖瑞点点头，作了简短的评论。然后轮到我。

对于教写作，盖瑞倾向于一种东方式的师徒传授关系。如果那位师傅恰好是大学教授，徒弟算是找对门了。我不知道他有多少学生是带着这种东方式的隐秘冲动来拜师的，我怀疑。大学就是大学，按艾伦·金斯堡的极端说法，大学的功能只是在"编目录"。盖瑞对我说："当然，灵感在大学里是不能教的。"他宁可让学生们夏天跟他进山干活，获得灵感。

盖瑞有一张令人难忘的脸。深深的皱纹基本上是纵向的，那是烈日暴雨雕刻成的。若不笑，给人的印象多半是严厉的。但他很爱笑，笑把那些纵向皱纹勾连起来，像个慈祥的祖父。他的眼睛总是眯缝着，似乎有意遮住其中的光亮，那眼睛是用来眺望的，属于水手和守林员。

他和艾伦的性格正好相反。艾伦疯狂、任性、好动，像火；盖瑞沉静、宽容、睿智，像水。按理说，水火不兼容，但他们俩却成了最好的朋友，友谊持续了近半个世纪。盖瑞跟我讲起他和艾伦的头一次见面。那是二十世纪五十年代初，在伯克利校园的自行车铺，他正在打气，艾伦走过来，作自我介绍。算起来，那时他们才不过二十出头，震撼美国的"垮掉一代"运动还没有开始。

盖瑞的一生充满传奇色彩。在大学混了一年，他作为水手出海了。上岸后，他在西北山区当守林员。再下山，在加州大学伯克利分校学东方文学，翻译寒山的诗。然后随寒山一起去日本，一住就是十几年，其中出家三年，削发为僧。最后师父让他致力于佛经翻译，于是还俗。也幸亏还了俗，美国诗歌才获得新的声部，环保运动才找到它的重要代言人。他回到美国后，在北加州的山区定居。1984年，我第一次在北京见到他和艾伦时，他给我看他和朋友们在山上自己动手盖房子的照片。那次见面是秘密的，大概由于我神经紧张而引起错觉，照片上的房子和人都是歪斜的。我当时掠过一个念头：他们准是疯了。

从去年春天起，我一直盘算着去山上朝拜他的这座"庙"，想看看他们到底是怎样开始"疯"的。但阴错阳差，未能成行。去年年底，他的日本妻子卡萝尔（Carole）又查出癌症，实在不便打扰。据盖瑞描述，他的"庙"和一般的美国农舍相比，除了禅堂，没有什么特别的。他不拒绝现代技术，家里有煤气，有电视，有电话传真，甚至还有电脑网络，不过他们的厕所是原始的。他讲起一对夫妇做客的故事。那来自文明世界的妻子，突然从原始的厕所里蹿出来，惊呼："里面有蜘蛛！"她在那儿完全不能进行必要的循环。她问盖瑞，最近的一家带冲水设备的厕所在哪儿？盖瑞告诉她有三十英里，在一个加油站。于是他们开车六十英里，去文明世界上厕所。

不知艾伦是怎么被说动的，也在盖瑞家附近买了块地。那个因现代文明发疯的诗人，绝不可能搬到文明世界以外来，那样只能加重他的病。艾伦跟我提起过这块地，说他将来要在上面盖房子，请朋友来玩。他试着用自己的声调讲盖瑞的故事。对他来说，那恐怕是一种投资，至少是对友谊的投资。在汉城，他讲起如何跟盖瑞一起打坐。提起盖瑞，他充满敬意，那是极少见的。他信喇嘛教显然受到盖瑞的影响，但也作了必要的修正——喇嘛教还是比佛教来得"野"点儿。

盖瑞信佛教是知识分子式的，重实质而不重形式，而且兼收并蓄，绝不极端。他告诉我，他年轻时也曾为马克思主义着迷，至今认为某些部分还是有道理的。我问他是否有意把佛教和马克思主义融合起来。"不，"他坚决地说，"佛教远比马克思主义智慧得多。"接着他谈起，"先锋"是马克思主义的一个重要概念，而这个概念在发生变化。起初"先锋"是指工人阶级；到了中国指的是农民，得靠他们夺取政权；六十年代又转成学生，好让他们造反；最后法国的哲学家们实在按捺不住寂寞，"先锋"就成了他们自己。

盖瑞在这里的英文系教写作，每年只教一个学期，总是安排在春天。他每星期二开车过来,在城里的小旅馆住三宿。他是个大忙人,除了教书,参加系里会议,为学校安排诗歌朗诵会,还有众多的朋友、同事、学生、徒弟、诗迷、记者等着见他。忙里偷闲,我们有时聚在一起吃顿饭。这顿饭得在他排得满满的小记事本上挤出一道缝来。我们常去的一家法国式餐馆叫"索嘎斯"(Soga's),乍听起来像日本脏话。其实那里环境幽雅,客人都按法国贵族标准,压低嗓门。

盖瑞有一种让人心平气和的本事。他的眼神,他的声音,似乎在引导你,跟随他前往一个超越人间烦恼的去处。但一位美国朋友对我说,盖瑞表面的平静下,必有一种疯狂,只要看看他的婚姻就知道了。盖瑞结了三次婚,第一个妻子是美国白人,生了两个儿子。后面两位都是日本人。不过现在的夫人卡萝尔在美国已是第三代,她的祖父把日本的稻米和血统一起引进加州。他们还领养了一个朝鲜女孩,和我的女儿同岁。

1955 年 11 月,对美国诗歌史是个转折点。在艾伦和盖瑞等人筹划下,他们在旧金山的一家画廊举办了首次朗诵会,此后朗诵在美国蔚然成风。按盖瑞的说法:"……刚开始,他们乌鸦般地从天上降落到咖啡馆,然后才渐渐被大学所接受。"次年，盖瑞去了日本，"垮掉一代"鼎盛时期的活动他大都没赶上。他曾否认自己是其中一员。待多年后他从日本回来，给正垮掉的"垮掉一代"带来了精神食粮。

盖瑞自己的精神食粮除了佛教和东方文化以外，也包括印第安神话。在他看来，人们并未真正发现美洲。他们像入侵的流寇，占据了这块土地，却根本不了解它，也不知自己身在何处。面对美国主流文化，他提倡一种亚文化群，反对垄断，重视交流、回归自然。按他的说法，亚文化群深深地植根于四万年的人类历史中，而腐朽的文明只是一种病态的幻象。他的诗集《龟岛》(*Turtle Island*) 的题目，就是印第安人对美国的最早的称呼，他以重新命名的方式抹掉政治疆界，让人们看到本土的面貌，看到山河草木的暗示。他的《龟岛》获 1975 年普利策奖，这是反学院派诗人第一次得到这个由学院派控制的奖金。

1997 年对盖瑞是个坏年头。艾伦的死对他是个沉重打击；卡萝尔病情加重，夏天得到华盛顿做第二次手术。我们约好，待卡萝尔身体复原，我开车上山去他家做客。这是个很渺茫的承诺，但我们每个人都会珍藏它。这承诺已存在了四万年。

# 纽约骑士

艾略特（Eliot Weinberger）是个怀疑主义者。即使不吭声，他的眼神、表情和手势也会对周围的一切提出质疑。这也难怪，他是典型的纽约人。纽约人就是纽约人，而不是美国人。像纽约这种大都市早已和美国分离。别的不提，单是它的噪音就特别，那昼夜不停的警笛声，逼得外来人发疯。一个纽约人必须有极其坚韧的神经，并靠怀疑的力量才能活下去。艾略特生在纽约，长在纽约。他和他的妻子尼娜出生在同一家医院，当然不是同时，他们相识要晚得多。但我相信纽约是他们的介绍人——你是纽约人吗？对，你呢？当然啦。艾略特告诉我，除了纽约，他不可能住在美国任何地方。

格林威治村（Greenwich Village）在曼哈顿下城，

是艺术家的聚集地，现在成了旅游点。附近的西十街却相当安静，树木稀疏但很重要，只有它们显示季节的变化。红砖楼房被生锈的防火梯及其影子所勾勒，像写生画的败笔。这种排房在英国和荷兰很多，体现了一种都市中产阶级的思维方式。进门，是客厅和厨房，厨房门外是天井式的小院。窄窄的楼梯通向孩子们的卧室，再往上是主卧室，最后来到一间相当宽敞的阁楼，四壁是书，一扇天窗开向纽约肮脏的天空。书房的主人艾略特在抽烟，烟雾和他的冥想一起上升。我很喜欢这种烟卷，像小雪茄，但味道很淡，戒烟后我有时也无法抵抗它的诱惑。

艾略特一直劝我搬到纽约，就像牧师劝人搬到天堂。除了种种好处外，他特别指出纽约其实很安全，人们纯粹是被好莱坞电影所蒙蔽。直到一天傍晚，贼从天窗而降偷走了他的传真机，他才闭嘴。要是他当时在场，并和他的烟卷一起冥想，天哪，真正的伤害恐怕是心理上的：贼偷去的是他的灵感。

我认识艾略特是1988年秋天，在纽约，金斯堡主办的中国诗歌节上。我们只是匆匆打了个招呼，我的印象是他忧郁而敏感。

再次见面是一年后,在美国笔会中心。那是转变之年,对我,对很多中国人。艾略特请我和几位中国作家参加由他组织的中国文化讨论会。那天听众很多,正好在纽约的墨西哥诗人奥克塔维奥·帕斯(Octavio Paz)及夫人也坐在其中。艾略特从十九岁起就是帕斯诗歌的英译者。会后,艾略特、帕斯夫妇、多多和我,还有讨论会的口译文朵莲一起去吃晚饭。有帕斯这样的大诗人在场,话题多半围绕着南美的诗歌与政治。摇曳的烛光下,艾略特话不多,抽烟,眼镜闪光,偶尔一笑。他的笑有点儿奇怪,短促而带有喉音。他和文朵莲是大学同学,也学过半年中文。他用中文阴阳怪气地说:"我不会说中文。"

艾略特和我同岁,比我大六个月。我们有很多经历相似。比如,都没有受过完整的教育。我当红卫兵时,他成为嬉皮士,在耶鲁大学只读了一年,就跟着造反了,后来再也没回去。他在美国的造反派中是温和的,按我们当年的标准应算"逍遥派"。他四处游荡,借浩荡之东风,抒个人情怀。

1994 年春天,我们去位于长岛的纽约大学石溪分校(Stony Brook University)朗诵。二十七年前,艾略特就曾游荡到这儿，临时顶替朋友在一家学生报纸当编辑。故地重游，他感慨万千，为发现青春的旧址而惊讶。经过图书馆时，他的脸好像突然被火光照亮。当年造反派正准备焚烧图书馆时，艾略特挺身而出，向那些狂热的学生们宣讲书的重要，终于扑灭了那场烈火。很难想象，怀疑主义者艾略特当年慷慨激昂、大声疾呼的样子。在他保卫纽约大学的图书馆时，我正和朋友爬进北京的一家被查封的图书馆偷书。姿势不同，立场却是一致的。

我曾向他建议，作为同龄人，我们应合写一本书，按年份写下各自的经历。

大概出于对大火的记忆，他对革命有一种本能的戒备。两年前，在以革命和诗歌为专题的讨论会上，一位著名的黑人诗人在演讲中，盼望着革命大火为诗歌带来一个崭新的世界。艾略特冷冷地反驳说，革命大火只能烧死诗人，摧毁良心，制造血腥的悲剧。他举了俄国和其他的例子。为此艾略特受到众多的攻击。一般来说，美国诗歌界派系虽多，但各自为政，很少染上我们中国文学圈子以骂人为生的毒瘾。算艾略特倒霉，这恐怕和他的怀疑精神和冷嘲热讽的态度有关。四年前他编了一本反学院派的美国当代诗选，很多诗人都认为这是美国诗歌界的大事。而一个他过去的朋友反目成仇，攻击他是"种族主义者""帝国主义者"，还骂他心胸狭隘，企图摧毁美国诗歌传统等等，把正戒烟的艾略特气得七窍生烟。他在电话里对我说："种族主义者？这在美国是他妈最大的帽子，可以被送上法庭……"

我和艾略特属于同一家出版社。每次我去纽约，我们的老板"狐狸"（Fox）女士总是请我和艾略特共进午餐。那在纽约是难得的闲暇时光。我们通常坐在窗口，可以看到匆匆的行人。杯子闪烁，刀叉叮当作响，我注意到纽约某些不变的东西：同一时间，同一家饭馆，同样的甜点和话题。饭后，艾略特总是约我到他家坐坐。从出版社到他家只有几个路口。他的活动半径约一英里，买报纸、散步、看朋友、下饭馆，都大致在此范围。他是我唯一见过不在大学混饭但生活优哉的美国作家。他的上层建筑是建在他妻子尼娜家族的经济基础上的。他的岳父曾是金酒制造商。尼娜温柔、漂亮，在《纽约时报》搞摄影。他们有两个孩子，一男一女。

前不久我和艾略特在香港参加诗歌节。有一天朋友开船带我们出海，远离都市，在一个小岛附近抛锚，再搭舢板来到一片白色沙滩上。那天风和日丽，我和艾略特赤脚在沙滩上散步、捡贝壳。他突然对我说:"一个好父亲不可能是个好作家,而一个好作家不可能是个好父亲。"他给我举了些例子,头一个就是帕斯。而他自己,太爱孩子了,所以成不了好作家。我试着反驳他,因为反证也很多,但一时记不起来了。我想在他内心深处大概一直有这种焦虑,恐怕也是每个作家的焦虑。其实孩子与作品,父亲与作家有某种对应关系,而且恰好在写作边界的两边。孩子与父亲在一侧,作品与作家在另一侧。一旦交叉,如孩子与作家、父亲与作品在一起就会产生某种紧张。

我昨天在电话里告诉艾略特,我正在写他。他警告我说:"别说我坏话,我可有朋友懂中文。"我们虽相识多年,对我来说他还是有点儿神秘莫测。他很少谈自己。对于一个生命,这世上最大的秘密,他人又能知道多少呢?我有时觉得他像个旧时代的骑士,怀旧、多疑、忠诚,表面玩世不恭,内心带有完成某种使命的隐秘冲动。

艾略特,纽约人,生于犹太家庭,上到大学一年级。他写作、翻译和编辑。他不信教,恋家,反对革命。

# 克莱顿和卡里尔

我们干杯。克莱顿(Clayton Eshleman)半敞着睡袍,露出花白的胸毛。"你们这帮家伙吃喝玩乐,老子苦力的干活,晚上还得教书!"他笑眯眯地说。我们相识三年多,却好像相识了一辈子。刚到美国,就是他们两口子到机场接我。最初的同事关系很快变成友谊,后来差不多算得亲戚了。克莱顿今年六十二,长我十四岁。按辈分该算我的"美国叔叔"。后来我搬到加州,他们很难过,直到现在还对别人抱怨:"北岛为了加州的阳光,抛弃了我们!"

克莱顿是诗人。美国不少当代诗歌选本都收入他的作品。在美国,要说你是诗人,别人都会离你远点儿,那意味着贫困和神经有毛病。不过现在境况有所改观。自二十世纪七十年代起,美国的大学纷纷增设创作课,就像张大网,把社会上漂游的一帮诗人捞上岸来。一条"鱼"名叫克莱顿,九年前成了东密歇根大学的诗歌教授。有人批评这一制度,认为这样会毁掉美国文学。"胡扯!"克莱顿瞪起眼,"说这种风凉话的家里准有遗产。没有创作课,我他妈现在得在洛杉矶开出租车。"

克莱顿生于印第安纳州的一个普通家庭。父亲在屠宰场工作,母亲操持家务,生活与文学绝缘。他还记得有次过生日,母亲问他想要什么礼物?他想了想说,一本诗集。母亲大吃一惊,但还是照办了,买下一本自己根本看不懂的书。他至今还记得母亲拿着诗集那惶惑的表情。怀着对诗歌的向往,克莱顿离开了母亲,上大学、写诗、翻译、办杂志、教书、参加反越战运动。怀着对诗歌的向往,他离开了美国,浪迹天涯,在秘鲁、墨西哥、日本和法国住过。

克莱顿年轻时长得像吉米·卡特(James Earl Carter)。二十世纪七十年代末,他、卡里尔和一位捷克朋友在布拉格的一家餐馆共进晚餐。待账单送来,比他们预想的要贵得多,原来鱼是按每一百克算的。他们和老板吵了起来。克莱顿突然说:"好吧,你们竟敢欺骗吉米·卡特的侄子,咱们走着瞧!"老板一听大惊失色,连忙道歉,并找来贵宾签名簿。克莱顿签名时,那位捷克朋友吓得脸色煞白。

卡里尔(Caryl)则是个地道的纽约人,而且是在纽约的工人区布鲁克林长大的。她年轻时的疯劲儿是我从他们对话中的只言片语猜到的:离家出走,吸毒,在大街上酗酒——二十世纪六十年代可爱的"左派幼稚病"。卡里尔风韵犹存,一看就知道她过去是个美人。她学过美术,搞过广告设计,做过首饰,现在帮克莱顿编杂志。卡里尔聪明、敏感、有主见,但这么说很难概括她。她是个特殊的女人,以至似乎什么都不干,也用不着干,并对一切都百般挑剔,从诗歌到小吃。幸亏克莱顿混上个教授,可让卡里尔慢慢地品尝生活。

卡里尔的生活只限于室内,一到户外总有麻烦。不是扭伤了脚,就是跌断了指头。前年秋天,我和卡里尔带我女儿出去买冰淇淋。刚经过草坪,她就被一只大黄蜂蜇伤了。那是一次警告,我想卡里尔此后更加强了足不出户的决心。

他们俩是天造地设的一对。此前双方都经过婚姻的失败。卡里尔告诉我,克莱顿头一次给她留下深刻的印象,是在一次宴会上,他拎着一块淌着血汁的烤牛肉穿过雪白的地毯。依我看,这一印象纯粹是审美的,像克莱顿在白纸上写下的一行诗。

享受生活,佳肴和美酒是必不可少的。有一回,他们请我在纽约的一家高级餐馆吃晚饭,点了俄国鱼子酱和法国香槟酒,三个人花了快四百美元,差点儿把我这个平时只吃糙食的噎在那儿。轮到我请客,他们也绝不会客气,点得我心惊肉跳。教授的薪水怎么也顶不住这样的开销,于是他自立炉灶,跟菜谱学艺,法国菜、意大利菜,几乎样样精通。

我刚到美国,人生地不熟,是他们家常客。傍晚时分卡里尔掌灯,克莱顿系上大围裙,在他们家设备齐全的厨房里忙开了。程序之复杂,一点也不亚于中国饭。在他们的感化下,我的中国胃,也终于能欣赏别的饮食文化了。我有时提前打电话,告诉他想吃某一道菜,他干脆答道:"我这不是饭馆,没有菜单。"

喝葡萄酒可是一门学问。年份、产区、厂家之类的都可以从书本上学到,但品尝就得靠经验与悟性了。我跟他们专门去了趟加州著名的产酒区——纳帕(Napa)尝酒。尝酒是免费的。他们两口子满脸虔诚,一边和酒厂的专家用复杂的术语大谈颜色、味道和口感,一边把酒含在口中,念经般咕噜良久才吐掉。我学着他们的样子,却一口咽了下去,尝不了几种酒便天旋地转起来。

如果说克莱顿是个酒鬼,应该不算过分。尤其有朋友来,他总是喝得太多,一瓶一瓶地开下去,越喝话越多,越说越没边,进而转向肢体语言,放上他喜爱的爵士乐,手舞足蹈,巨大的影子在墙上转动,像动荡的夜。他们也常带我到别的酒鬼朋友家做客。回来在车上,克莱顿总是发表关于我们赖以生存的土地的富于哲理性的演讲,每次都被我的鼾声打断了。

克莱顿脾气不好,说话太直,朋友多,敌人也不少。他出版了一份诗歌刊物,以前叫《毛毛虫》(*Caterpillar*),后来变成《硫磺》(*Sulfur*),苦心经营了十五年,被认为是美国最重要的诗歌刊物之一。他口无遮拦。比如在退稿信里劝你改行,这无异于劝一个自以为天下第一的诗人去自杀。好在美国诗歌界营垒虽多,但中间地带开阔,极少互相交火,诗人之间最多老死不相往来,用不着恶语相向。

让我佩服的是美国作家普遍的敬业精神。克莱顿除了教书,余下的时间都用来写作、翻译、编辑和做研究,从不知疲倦。他是法文和西班牙文诗歌的重要译者,曾因翻译秘鲁诗人巴列霍(César Vallejo)的作品而获国家图书奖。巴列霍的诗以晦涩著称。克莱顿为此专程去秘鲁,花了三年的时间译完巴列霍的长诗《特里尔塞》(*Trilce*)。

我和克莱顿酒后常玩语言游戏。我的英文不好,往往听岔他的意思,这反而会带来意想不到的效果。我们从一个词跳到另一个词,从一种含义转成另一种含义。有一次,我请他帮我们杂志的英文选集起个名字,他顺口引用了美国诗人庞德《诗章》(*Canto*)里的句子:"厄运与丰富的酒。"(Ill Fate and Abundant Wine)"丰富"(abundant)在英文中发音和"放弃"(abandoned)很接近。让我给听岔了,将错就错,这本选集就成了《弃酒》。

待书出来了,我送给他一本。卡里尔喜欢这个名字,他不。总而言之,那是隐喻。在现实世界中,我们都同意,酒是不该放弃的。我们干杯。

# 异乡人迈克

我刚收到寄自布拉格的明信片:"辛格(Isaac Bashevis Singer)说:生命是坟墓上的舞蹈。让我们相见。你的美国叔叔迈克(Michael)。"明信片是张带有怀旧情调的黑白照片:一杯咖啡旁放着一朵野菊花。上面印着英文"地球书店兼咖啡馆"(The Globe Bookstore and Cafe)。典型的迈克风格。大概他此刻就坐在布拉格这家英文书店,呷着咖啡,在黑白的忧郁情调中等待他绚丽的情人。

我和迈克是1985年在荷兰鹿特丹诗歌节上认识的。那是我头一回出国,语言和文化上的时差把我搞得晕头转向。但迈克忧郁的眼睛让我记住了他的话,他要请我第二年春天到伦敦朗诵。我果然如期来到伦敦,在市中心最热闹的考文特花园(Covent Garden)的一个小剧场朗诵。和我同台的是一位罗马尼亚的女诗人，可在最后一分钟才得知她的政府不肯放行。迈克站在聚光灯下，挑选着词句，委婉地批评了齐奥塞斯库（Nicolae Ceausescu）政府，他不想给这位女诗人带来麻烦。散会了，迈克把我带到酒吧，介绍给他的同行们。后来我才知道，为了凑够请我来的经费，他就像卡夫卡小说里的主人公，去敲开一扇扇官僚机构的门。

迈克长我三岁。他七十年代初从美国搬到伦敦，安家落户，娶妻生子，染上了一口伦敦腔。为什么离开美国？他在一次访问中这样回答记者：为了寻找诗歌上的精神家园，像前辈诗人庞德、T. S. 艾略特那样。可大英帝国并未向这位孤军奋战的美国骑士致敬。

他请我到他家做客。他们的生活，按英国人的标准算得上十分清贫了，但仍保持着一种读书人的尊严：书在家中占了重要的地位。他在区图书馆有一份半日的差事，勉强养活四口之家。他的夫人汉娜是波兰人，精明能干。小儿子刚出生，大儿子加比四五岁，有着同龄的孩子没有的谨慎。我想这个小迈克多少反映了他父亲的窘迫：用刻板的小职员的生活来捍卫他的诗歌世界。谈起诗歌，他的眼睛湿润了，言辞也变得犀利起来，这无疑才是当年来伦敦闯天下的迈克。

与英国有缘,赞助这次活动的英中文化协会请我到杜伦大学(Durham University)做一年的访问学者。1987年春天,我和妻子带着两岁的女儿来到英格兰东北部的幽静的大学城。这里低头读书,抬头看著名的大教堂。我有时去伦敦办事,顺便看看迈克。出于中国人的礼貌,我也请迈克有空到杜伦来玩。没想到迈克竟全家出动,应声而至,让我们有点惊慌失措。我们比他们更穷,甚至没有一张像样的床招待客人。好在穷人间并不嫌弃,没床就打地铺。离开伦敦,离开那个临时图书管理员的位置,迈克变成一个可爱的梦想家,他有很多关于诗歌的计划,向我这个唯一的听众娓娓道来。在邵飞两次做饭的间歇,也被他拖进梦想的行列。他坚持要邵飞为他的第一本诗集配画,一家爱尔兰的出版社正在恭候巨著的诞生。那昏天黑地的诗歌的梦想穿插着孩子们的哭喊。第三天早上迈克一家走了,我连书也不读了,只看大教堂。

离开英国,我们又去了美国,回到中国,接着是1989年后的漂泊,我中断了和迈克的联系。

1990年春天我到英国朗诵,在伦敦试着给迈克打了个电话。迈克愣了一下,惊呼起来:"我的孩子,你在哪儿？我一直在找你！"对一个在街头电话亭无家可归的流亡者来说，这话的分量太重了，我不禁流了泪。我们约好在一家餐馆见面。迈克又是全家出动。坐下，他紧紧盯着我，眼镜后面聪明而忧郁的眼睛布满血丝。他明显发福了，看来年龄和家庭压力正在逼他就范。不，另一个迈克在说话。他愤世嫉俗，大骂英国诗歌界的堕落和势利，让我吃了一惊。

我问起邵飞为他配画的那本诗集，更让他生气：出版社毁约了。看来这个世界成心要毁掉一个诗人。我们这对难兄难弟在倾泻了对世界的所有怨恨后，突然沉默了，喝着杯中的残酒。我看着他的儿子，提议去买两本书给他们作礼物。进了附近的一家书店，迈克的表情变得明朗起来，像被内心的灯照亮。他为他的两个儿子各挑了一本书，让我签名。他叮嘱加比要好好保存，仿佛这不是本书，而是他的精神遗嘱。加比抬头看看父亲，看看我，轻轻地说了声谢谢。

一别又是几年，我偶尔收到迈克的明信片，都是简短的，跳跃式的，像诗歌笔记。他的字迹小得几乎消失。我请他用打字机，他最后屈辱地接受了。他把愤怒和绝望诗意化——诗越写越好，每个词都获得了重量。

1993年我在荷兰，有一天突然接到他的电话。他兴奋地说，应该热爱生活。接着告诉我他不在图书馆里混了，而成了布拉格国际书展的主任，公司设在伦敦，有一份不错的薪水。也就是说，他下海了。我真心为他高兴，这也许能让他在吞噬灵魂的官僚体制外透透气，至少他可以用"公家"电话跟我聊聊天。我搬到美国，早上总是被来自伦敦的免费电话吵醒。他的话题跳来跳去。除了诗歌，他开始抱怨工作，抱怨老板和同事，然后转而抱怨他的老婆。汉娜几乎成了魔鬼，要控制他的生活，控制他的写作。我闻出家变的味道。

1995年春天，迈克坚持要我参加他主办的布拉格国际作家节，但又无法负担路费。我有生头一次自费去朗诵。能看得出来，迈克真心地喜欢布拉格。几乎每天晚上他都带我去迪斯科舞厅，但我嫌太吵。在心惊肉跳的节奏中，迈克告诉我，他在伦敦暗恋上一个捷克姑娘。他的眼睛湿润了。他又告诉我，国际书展的主办权已被捷克人夺去，他们公司只好改行搞服装展览。我安慰他，至少他能整天和漂亮姑娘在一起。

同年夏天，我从巴黎坐火车通过海底隧道去伦敦，正赶上迈克的生日。他请我参加他的生日宴会。我带着一条法国名牌领带和一瓶波尔多红酒,和住在伦敦的诗人胡冬一起赴宴。迈克已经和老婆分居,等着办离婚手续。他在伦敦北郊的富人区租了一个相当舒适的公寓,后窗临湖,晚霞铺在水面。家中并没有别的客人,孤独的迈克。我们打开一瓶红酒,为他的生日干杯。酒后他的话多起来,抱怨汉娜通过离婚抢走了加比,还要进一步敲诈他。在我们去饭馆前,他给加比打了个电话,他告诉儿子,北岛在这儿。我又想起我这个精神遗嘱执行人的角色。

迈克失业了,他决定搬到布拉格去。这从美国出发的旅行,经过伦敦,最后终于抵达欧洲的中心,历时二十五年。他的旅行速度远远赶不上跨国资本对梦想的覆盖速度。布拉格已经越来越商业化,他又晚了一步。再说,加比怎么办?

前年年底,我和迈克在迈阿密海滨的遮阳伞下喝啤酒。这是我们头一次在美国见面。他的老父亲就住在附近。我突然问:"你不想搬回美国吗?""不,这不再是我的家。我没有家,像你一样。"他笑了。

# 上帝的中国儿子

飞机开始降落。我从窗口看见盐湖及沿岸切割成一块块不同颜色的土地。飞机的影子在上面滑过，像对不准焦距。后舱有人合唱圣诗，而我和其余乘客各怀鬼胎，降落到摩门教的圣地——盐湖城（Salt Lake City）。

旅馆面山，窗外落满准备过冬的虫子。我找出英文讲稿，对着那些虫子练习朗读。犹他大学（The University of Utah）举办一年一度的兰纳（Lanner）讲座，本届主讲人是乔纳森·斯宾塞（Jonathan Spence）。我纯属陪绑，参加讨论。临走前才收到他的演讲稿，我匆匆写了篇回应，传真给朋友，译成英文。剩下的，就是把它念利索。

乔纳森有个中文名字，叫史景迁。他是英国人，至今也不肯加入美国籍。按他的话来说："我为什么要背叛莎士比亚？"他在耶鲁教书，是十几本书的作者。这些关于中国历史的书，几乎本本畅销，并被译成多种文字。说实话，我对历史学家心怀偏见。他们多少有点儿像废车场的工人，把那些亡灵汽车的零件分类登记，坐等那些不甘寂寞但又贪图便宜的司机。而乔纳森似乎不屑与他们为伍，他更关心历史中个人的命运，并对他们寄予深切的同情。他写的大都是传记。如关于帝王心路历程的《康熙：重构一位中国皇帝的内心世界》(*Emperor of China: Self-portrait of K'ang-hsi*)，传教士的传奇故事《利玛窦的记忆迷宫》(*The Memory Palace of Matteo Ricci*)，一个普通的乡下妇女的不幸身世《王氏之死》(*The Death of Woman Wang*) 以及一个曾漂流欧洲的教会守门人的坎坷遭遇《胡若望的疑问》(*The Question of Hu*)。依我看，与其说他是历史学家，不如说他是个作家更贴切。再说，历史本来就是个故事，就看我们怎么讲了。

今晚是我的朗诵会。我在旅馆大厅碰见刚到的乔纳森和夫人金安平。乔纳森长得极像007扮演者肖恩·康纳利(Sean Connery)。安平告诉我，他常在街上被陌生人拦住，要求签名合影。不知肖恩·康纳利是否有过类似的遭遇，被人们拦住问："你是乔纳森·斯宾塞？"

我朗诵时，乔纳森表情严肃，像肖恩·康纳利在《玫瑰之名》(*Der Name der Rose*)里扮演负责办案的神父，坐在听众中间。我躲开他的目光，好像我是把毒药涂在经书上的人。难道诗是一种毒药？

1991年春天，我应一家国际慈善组织乐施会(Oxfam)的邀请，到波士顿参加为非洲难民举办的捐款朗诵会。他们请乔纳森读我的诗的英文翻译。朗诵会头天晚上，他的学生文朵莲请我们吃晚饭，在座的还有文朵莲的女儿和艾略特。乔纳森来了，抱着一袋葡萄酒和威士忌。那是我们头一次见面。他坚定、含蓄，而且幽默，英国式的幽默。据文朵莲说，多少耶鲁的女学生为之倾倒。那天晚上，唯我独醉。醒来，大家兴致未尽，有人提议去看末场的电影《菊豆》。散场后，我醉意未消，哈佛广场像甲板在我脚下摇晃。直到第二天晚上在桑德斯(Sanders)剧场朗诵时，酒精仍在我脑袋里晃荡。我那困难的表情大概被听众们误读成流亡之苦，和乔纳森翩翩风度及典雅的英国口音恰成对比。就在我们向非洲难民象征性地致意时，美军成千上万颗飞弹正在伊拉克土地上爆炸。

第二年夏天,我和朋友开车从纽约去波士顿,路过纽黑文(New Haven),去看望乔纳森。他正经历婚变,住在市中心的一个小公寓里。家徒四壁,只有一张床,一张桌子和两把椅子,还有一台小录音机——不真实,像小剧场的后台。我们的主角乔纳森汗淋淋地坐在那儿,正幕间休息。在一家越南小馆吃牛肉面时,乔纳森讲起他去广西的经历。他正着手写一本太平天国的书。我似乎看见他头戴草帽,遮住他的鼻子,混入当地农民的行列,一起走进那本《上帝的中国儿子》[1]之中,成为他们的一员。

纽黑文是个令人沮丧的城市,太多的流浪汉,若有人领头,恐怕也会揭竿而起。乔纳森领我们穿过街上那些绝望的手臂,来到一间空荡荡的芭蕾舞练习厅,再钻进隔壁小房间,这就是他的书房。我环顾那剥落的墙皮和窗户上粗粗的铁栏杆,不禁感叹道:"这真像监狱。""哦?"乔纳森吃了一惊,"我还一直以为我把别人关在外边呢。"

---

1 *God's Chinese Son: the Taiping Heavenly Kingdom of Hong Xiuquan*,即《太平天国》。

盐湖城之夜并没有想象的那么冷清,街上人影搅动着灯光。朗诵会结束后,我们来到一家私人俱乐部"纽约人"用餐。一个政治学教授用张戎的自传《鸿》(*Wild Swans*)纠缠我。他的手势特别,中指和戴着一颗硕大金戒指的无名指分开,像把剪刀不停地剪断我的思路。晚餐时,他坐在乔纳森旁边,那把"剪刀"伸向乔纳森,似乎要剪掉他花白的络腮胡子。

第二天,我们驱车去附近的滑雪胜地——花园城(Garden City)。在一家意大利餐馆吃过午饭,我们沿着寂静的街道散步。阳光闪耀,屋顶上的积雪正在融化。一路上,他们两口子手牵着手,像初恋的情人。乔纳森和我谈起诗歌。他和安平最喜欢的美国诗人是史蒂文斯(Wallace Stevens)和毕肖普(Elizabeth Bishop),最近开始迷上弗洛斯特(Robert Frost)。乔纳森叹了口气,说:"我有时真厌倦了历史,想多读读诗歌。"

1994年春天,乔纳森邀请多多和我去耶鲁大学朗诵。他结束了幕间休息,进入第二幕,场景变了。他们在纽黑文郊区买了一幢带哥特式窗户的楼房,花园里还有一个中国亭子。我头一次见到安平。她在附近一所学院教中国古代宗教史。她并不算漂亮,但有一种东方女人的魅力。她总是眯起眼微笑，好像在品尝甜食。乔纳森忙着招待客人，但他的目光却被安平的一举一动所牵挂。

从花园城回到旅馆，匆忙更衣。我根本不会打领带，在镜子前面抓住领带挣扎着，就像一个不小心钓到自己的渔夫。今晚是乔纳森的压轴戏，他像他的领带一样镇定。但安平悄悄告诉我，每次乔纳森演讲，其实都紧张得要命，甚至连上课时也难免。在舞台灯光下，乔纳森的脸显得有点儿苍白。他讲得很好，讲皇权思想，从乾隆、康熙到现在。

晚上，我们在旅馆的酒吧喝酒。一讲到他的老师房兆楹，乔纳森显得有些激动。当年他进耶鲁时，他的导师芮玛丽（Mary Wright）让他先在图书馆泡泡，再确定研究方向。在图书馆泡了一个月，他从书堆里认识了房先生，于是写信到澳大利亚拜师。没想到房先生只是个普通的图书管理员，回信说他从未带过学生。乔纳森一意孤行，去了澳大利亚。不仅房先生的学问，也包括其为人之道，引导他踏入中国历史之门。后来房先生恰好又成了安平的老师。

夜深了，乔纳森握着安平的手，背诵十六世纪法国诗人龙萨（Pierre de Ronsard）的诗。他先用法文，再一句句译成英文。那首诗是关于暮年之恋的。

第二天清晨,我和乔纳森夫妇一起乘出租车去机场。司机是个矮小的老太婆。她怎么也打不开一瓶"雪碧",递到后座问我们:"谁是超人?"我帮她拧开瓶盖。她从兜里掏出一把药片,就着"雪碧"倒进嘴里,"我六十五了,还总以为自己三十五。瞧,这月亮!可惜昨天早上我忘带上这家伙了。"她抄起一架带变焦镜头的照相机,一边开车,一边对准那轮苍白的满月。我吓得抓住椅背。"升得太高了。"她叹了口气。乔纳森说,"抓住月亮可不容易。"老太婆答道:"关键得抓住好月亮。"

出租车拐弯,和月亮分道扬镳。老太婆放下照相机,吹起口哨。

# 约翰和安

1994年春天,我和彦冰开车从纽约出发,北上,经康涅狄格(Connecticut)州、马萨诸塞(Massachusetts)州和新罕布什尔(New Hampshire)州,进入美国最北部的缅因(Maine)州。风卷积雪,打在车窗上;偶尔有几个旧招牌向我们打招呼。从州际公路换地区公路,再上颠簸的土路,路标越来越不正规了,似乎更具有私人含义。我担心在某一终点,会变成孩子猥亵的图画。一座残破的铁桥在车轮下唱歌。彦冰告诉我快到了。森林深处,一家农舍冒烟。敲门,没人,门没锁,无留言。水壶在铁炉上嘶嘶响,蒸汽翳暗了窗户。在两只苍蝇的环绕下坐了很久,终于传来汽车声,主人回来了。

约翰(John)结实能干,像守林员。他正经是个文学教授，在威斯康星（Wisconsin）州的一家学院教书。他五十出头，络腮胡子及鬓角花白，头顶还是黑的。我跟他开玩笑，说他自下往上被冻结。安（Ann）人高马大，比约翰年轻多了。她原来是约翰的学生。在美国大学，严禁师生之恋，但他俩堕入情网。约翰被校方逐出伊甸园，安就像带着红字，穿过鄙夷的目光，又熬了一年多才毕业。她讲起当时的压力，委屈地笑了。

晚饭前，我们去散步。到处是冰雪，但泥土变得松软，春天就在脚下。一条小河冲进阴郁的森林，在洼地滞留成一片湖泊，招来几只野鸟戏水。约翰和安忙碌着，搬开横在路上的枝干，辨认动物的踪迹。他们拥有一百多公顷的森林。走了一个小时，都未出其领地。约翰告诉我，近年，有些私人公司买下土地，大肆砍伐。他和安只要有钱，就尽量扩充地盘，并鼓励周围的朋友也这样做，以对抗毁灭森林的恶势力。那想必是一种相当绝望的斗争。

他俩都能进出几句中文。安1989年在复旦大学教英文。那年夏天，外国老师展开激烈争论：撤走还是留下？谁也说服不了谁。安决定留下，她要和那些痛苦而惶惑的中国学生在一起，陪他们渡过难关。不久，约翰也从美国赶来。教书之余，他们和上海的青年诗人有来往，并翻译了一本当代中国诗选《烟民》(*Smoking People*)。彦冰就是那时认识他们的。

安是本地人，家在十英里外，在一个叫墨西哥的小镇上。那极像中国社会，表姐堂兄七姑八姨都住一条街，这家的故事传到那头再传回来虽走了样，但没耽误工夫，正接上故事的发展。我们一下车，亲戚们探头探脑。安忙着打招呼。这是个典型的工人区，房子矮小，毫无特点。走进客厅，所有家具摆设，都带有一股尘土的味道，和她的父母一起老去。她父亲在看电视，他转过头来，跟安说起母亲的病情。母亲从厨房出来，脸色泛红，嘴唇苍白。她说话很快，不易听懂。半年前，发现她得了癌症，目前正在化疗。她体质虚弱，笑着，有一种对命运的无力感。父亲插话，但紧盯着电视。安就在这儿和四姐妹一起长大。我好像听见地板上纷乱的脚步和女孩的尖叫。

安领我们到河边。一群难看的水泥建筑群，就是母亲的病源。这个造纸厂建于二十世纪初，带有所有资本积累的血腥味儿。这是本镇居民唯一的生活来源，又是终生折磨他们的噩梦。它在血缘关系上，又加上阶级关系、工作关系和男女关系。它造成的污染，使小镇的癌症发病率极高。安年轻时在厂里打过工，吃过苦，也恋爱过。她是个讲故事能手，那些天，一个个血泪的幽灵纠缠着我们。大概以前起过誓，她正用造纸厂的白纸写下一段被湮灭的历史。

约翰，作为一个例外被安的亲戚们接受。起初，人们用疑惑的目光打量这位勾引女孩的大学教授。约翰默默不语，用双手证明他还有别的本事。他和安花了十年的时间，把森林深处的破败农舍翻修成像样的家。

约翰每天只睡五个小时。我失眠多年，得靠午睡、打盹等多种形式的休息才能勉强充上电。不管我何时睁眼，约翰总是抱着杯咖啡，精神抖擞地坐在桌前。他正义务帮朋友校对一本厚厚的书信集。电源到底哪儿来的？咖啡公司应该拿他做广告：看，永不疲倦的约翰！请注意本厂的标志"约翰牌咖啡"。

星期六一早，我被他们叫醒，睡眼惺忪地上车，拉到本地的一所中学。铺着白桌布的长桌摆着各种早点。桌后是缅因州的参议员和众议员，高矮胖瘦，系着围裙在"为人民服务"。他们倒咖啡，端点心，殷勤周到。我忍不住想掏小费。政客们屈尊到此，也算是到家了，但不知有多少选民会为了顿早饭投票。一位众议员到我们桌来作陪。约翰介绍这是中国客人,他并不介意我们兜里没选票,讨论起美国的对华政策。

安有时在一所小学教亚洲孩子说英文。她很适合当老师,乐观而有耐心,能看得出来,孩子们喜欢她,但她更想成为小说家。她正在写那个梦魂萦绕的造纸厂,好像那罩住她青春的魔法,只有用笔才能除掉。那旷日持久的写作使她占据家中唯一一间书房,因此而获得某种中心地位,像一颗恒星,约翰得围着她转。约翰4月开车去一千二百英里外的大学教书,10月回来,陪安过冬。

想想都让我不寒而栗。整整六个月,安独守空房,在老林深处写作。即使约翰冬天回来,这天涯地角也只是两个人的世界。缅因冷到零下三四十度,一旦大雪封门,只能困守家中,面对炉火,度过漫漫长夜。我在这些年的漂流中,虽有过类似的经验,但就承受能力,远不能相比。在说笑声中,我意识到他们的内心磨难,远非我能想象。而他们自甘如此,毫不畏惧,在人类孤独的深处扎根,让我无言。我默默向这两个迸溅火花的寂寞灵魂致敬。

安和约翰吵架,被作息不定的我无意听到。安想要养个孩子，或至少养条狗。我当然能理解她内心的软弱。她在暗夜里嘤嘤哭泣，但转过脸来，她又笑了，跟我们讲起他人的悲惨故事。

约翰的女儿来了，和男朋友开车从波士顿来度周末。她小巧玲珑，是约翰热爱德国文学的结果。约翰年轻时翻译里尔克的诗，从德国带回译稿和妻子。他女儿刚在波士顿定居，找到工作，生活才开始。能看得出约翰由衷地高兴。但房子太小，他坚持让女儿和男朋友在外面的草地上搭帐篷过夜。两个年轻人倒十分乐意，酒足饭饱，早早去休息。我感到不安。一个小生命驶离父母，就本质而言，既残酷又自然，谁也无能为力。我在床上辗转难眠，听外面风声。那帐篷在风中鼓胀起来，像船一样驶离。约翰的女儿惊恐中转身，紧紧搂住她的情人。

# 美国房东

如果我凭记忆给拉里（Larry）画幅肖像：秃顶，肥硕的鼻子，眼镜后面狡黠的眼睛，身材不高但结实，肚子微微鼓起。他就是我的头一个美国房东。1993年秋我刚从欧洲搬到美国，在东密歇根大学找了份差事，活不多，钱不少。负责接待我的美国教授事先给我写信，说帮我找了住处，在他家附近，离大学也不远，有自己的卧室和卫生间，可使用房东的客厅、起居室和厨房，租金三百美元。听起来不错，我欣然接受了。

教授和夫人到机场来接我。先在他们家共进晚餐，佐以法国红酒。酒足饭饱，他们开车带我到拉里家。主人上夜班，要很晚才回来，这是栋普普通通的木结构房子，两层，主人住在楼上。我的卧室紧挨着楼下的客厅，小卫生间里老式澡盆的水龙头滴滴答答漏水。居住条件基本上符合信上所说的，只是所有的设备都很陈旧。地毯磨穿，壁纸发黄，沙发吱吱作响。只有一台九英寸的黑色电视，摆在厨房的食品架上。我只待三个月，没什么可抱怨的，于是住下。

早上起得晚，我正打开冰箱想找点儿饮料，忽然感到背后的目光，转过头去。"嗨，"拉里坐在沙发上微笑，狡黠的眼睛在眼镜后面审视我。我有点儿尴尬，像贼被抓住似的。我们就这样认识了。

拉瑞在附近的密歇根大学的剧场当电工。他四十岁，生在这儿，长在这儿，在密歇根大学毕业。一年前离了婚，前妻带两个孩子也住在这镇里。他抱怨前妻贪婪，离婚时分走了不少钱，只剩下这座祖传的房子属于他。

我们所在的小镇叶伊普西兰蒂（Ypsilanti），混居着白领工人和大学生，和邻近的密歇根大学所在的城市安娜堡相比简直像个穷弟弟。这里市政建设落后，治安差。我曾在夜里听见过枪声。第二天看报，醉汉火并，死一人。没想到拉里竟是本市的议员。他说起这事时，我们正坐在他家的前廊喝啤酒。黑暗中他握着酒瓶，得意地露出白牙。他的野心不大也不小，有一天想当当本市的市长或州议员。我问想不想当州长甚至美国总统,他摇摇头。

他很现实,市议员每年能拿两千美元的津贴且受人尊重。"但我得花钱花精力竞选。"他说。不过他又承认,竞选的费用大部分是捐来的。常看到他在电脑前忙碌,然后把几百封宣传资料寄给选民。有一次,我半开玩笑地问他是否去过本市的脱衣舞厅?他连连否认说:"我哪能去那种地方?要是被我的选民看见就完蛋了。"美国人对政治家道德完美化的要求,真是到了愚蠢可笑的地步。

我发现拉瑞喜欢中国饭。于是我每次做饭就多做一份,一个人吃实在无味。有一天,拉里神秘兮兮地告诉我晚上要来一位女客。我连忙下厨,备了四菜一汤。女客正点到达。我发现她和拉里根本就不认识。她一进门东张西望,好像在给拉里的房子估价。席间她透露了她是通用汽车公司的高级技工,年薪五万(吓了我一跳,美国人是从来不谈工资的)。接着她开始盘问拉里,拉里倒也沉得住气,应答自如。饭后我看两人继续喝酒,情投意合,便退避三舍。

夜里我被他们做爱的声响吵醒了。看来事情进展顺利,我为拉里终于结束了单身生活而高兴。

第二天我问拉里是否关系已定，他含糊其辞，暗示那位女客不会再来了。没两天，又有另一位女客登门，戏重演了一遍，只是我不再给他们做饭了。我终于忍不住问拉里到底怎么回事。原来他参加了一个单身俱乐部。俱乐部把诸如人种、年龄、身高、体重、爱好等个人资料及电话号码发给每个成员，大家可以通过电话自由结合。我这才明白为什么拉里每天回家直奔电话录音机。拉里坦白说，他根本不想再结婚，要好好享受一下单身汉的自由。

拉里很吝啬，一般吝啬的人总是抱怨没钱。他下了班常常不归，找一些杂活干。比如帮别人粉刷房间、安装电器、布置花园。后来发现他并没那么穷，另有一处房子租给了学生们。

刚到时我想多看电视，既学英文，又排解寂寞。但拉里的小人书般大小的电视实在让我束手无策，这玩意儿十几年前在中国就被淘汰了。我建议拉里买台新的，拉里马上摊开手表示，他还欠银行的债。其实在美国几乎人人都欠债。我又提出新的建议：如果他肯买电视和录像机的话，我愿负担总额的百分之二十，三个月后东西归他所有。他起初还是说不，出门转了个弯，终于算过账来，马上催我一起去电器商店。我们选了电视和录像机，又去租了录像带，回家举杯祝贺中美合资的伟大成果。但一到周末，我就算遭殃了。拉里的前妻送两个圆滚滚的儿子过来，把电视开得山响，我只好躲到朋友家避难。拉里的前妻是做房地产生意的，见到她，我才明白为什么拉里会欢呼单身汉的自由。她有拉里两个那么胖，而且看起来极有主意。我能想象她在离婚时卡着拉里的脖子，让他把钱交出来。

我搬走时，拉里握着我的手说："真高兴与你相处了这么一阵子。"我盯着他那狡黠的眼睛，似乎很真诚，我有点儿被感动了。如果我是他的选民，说不定会投他一票呢。

# 帕　斯

一

4月17日早上，我把车停在过夜停车场，再搭机场班车前往候机厅，总算赶上了班机。夜里没睡好，我一路昏沉沉的，像只被雷电震晕了的鸟。一下飞机就转了向，得亏有路标指引。汽车站，旅客动作缓慢，鱼一般游来游去。我登上辆面包车，开车的高个黑人跟大家打招呼，没人搭理。他见怪不怪，说："欢迎来芝加哥。"正是高峰时间，一路堵车，堵得个个面目可憎。在旅馆柜台，我拿到钥匙和一个信封，跟提行李的印度人上升。我给过小费，关上门，打开信封："……可惜艾略特不能来和你一起朗诵，今天凌晨帕斯去世了……"

可以说，墨西哥诗人奥克塔维奥·帕斯是现代主义诗歌最后一位大师，他的死意味着一个时代的结束。

帕斯（paz），在西班牙语意思是和平。而他生于1914年，即第一次世界大战开始那年，人类从此就没和平过。1937年，他赴西班牙参加共和国保卫战，在马德里反法西斯作家代表大会上，结识了聂鲁达、阿尔贝蒂（Rafael Alberti Merello）等作家。随后他卷入了巴黎的超现实主义运动。

他家里有很多有名的现代画家的画和各种艺术品，想必都是多年友谊与游历的见证，结果前两年毁于一场大火。帕斯从此一蹶不振。他从家里搬出来，住进旅馆和医院。最后墨西哥总统借给他一套官邸，并派军人护理他，那跟软禁没多大区别。艾略特告诉我，帕斯变得沉默寡言，连老朋友的电话都不愿意接。美籍华裔女作家汤婷婷跟我讲述过她类似的经历。一场山火吞没了她的房子，包括未完成的手稿、信件、照片，什么也没留下。"我没有了过去。"她悲哀地说。

我头一回听说帕斯是二十世纪八十年代初，那时在圈子里流传着一本叶维廉编选的外国当代诗选《众树歌唱》，可让我们开了眼界。其中帕斯的《街》（*The Street*）特别引人注目：

又长又静的街。

> 我在黑暗中走着，跌倒
> 又爬起来，向前摸索，脚
> 踩着沉默的石头与枯叶：
> 我身后有人紧跟。
> 我慢，他也慢；
> 我跑，他也跑。我转身：没人……

我后来重译过。原文中的 nobody 在《众树歌唱》中被译成"空无一人"，我改译成"没人"，这样更短促，更具突然性。这首诗是有点儿让人瘆得慌。那会儿大家见面开玩笑，"我转身：空无一人"，自己先起一身鸡皮疙瘩。

1989 年 10 月，美国笔会中心在纽约为中国作家举办了一场讨论会，由艾略特主持。艾略特住在纽约，是散文作家及帕斯的英译者。帕斯和夫人居然也坐在听众中间。那年头魔怔，除了天安门没别的。散了会，一帮老朋友聚在门口，看来又得昏天黑地侃一夜。艾略特问要不要跟帕斯一起去吃晚饭。我和多多愣了一下，是帕斯还是天安门？我们选择了帕斯。

那天晚上在一起的，除了帕斯夫妇、艾略特、多多和我，还有在讨论会上担任翻译的文朵莲。我们在一家意大利餐馆坐定。我连菜单都读不懂，请文朵莲帮忙。帕斯发福了，比照片上显得要老。他微笑着，带着老人的威严。我们谈到拉丁美洲的文学与政治，多多问起他和博尔赫斯的争论。不，没这回事，我们关系一直不错。也许你指的是和聂鲁达吧？我后来在一篇访问记中读到，帕斯认为聂鲁达的斯大林主义僭越了政治与道德的准则。

1990年10月，帕斯获诺贝尔文学奖。当天夜里，帕斯接受郑树森代表台湾《联合报》的电话采访时说，我已经躺下了，刚吃了安眠药。那是不眠之夜的开始。

再见到帕斯是1991年12月，在斯德哥尔摩一起开会。我还记得议题是"困难时期的严肃文学"。那是我的困难时期，几乎什么也听不懂，冒充严肃文学坐在那里。最后一天，布罗茨基（Joseph Brodsky）作总结报告，报告后的讨论中，他的傲慢激怒了某些听众，帕斯也跟他呛了几句。帕斯的英文有限，时不时借助法文。让我记住的是他的姿态：像头老狮子昂起头。

一天早上，我和女儿在旅馆餐厅吃早饭。帕斯从街上走过，看见我们便拐了进来。我给他要了杯咖啡。那天帕斯心情似乎特别好，恐怕和港湾的新鲜空气有关，也许再加上轻松感——媒体的注意力已转移到新的获奖者头上。

他从提包掏出我刚出版的英文诗集《旧雪》(*Old Snow*),让我吃了一惊。他说他喜欢,飞机上一直在读,我们在美国同属一家出版社。他拿出他的一本书,签名送给我,是刚出版的论文集《另一种声音》(*The Other Voice: Essays on Modern Poetry*)。

直到很多年后的今天,我才读到此书的中译本,被他的博学和雄辩震住了。他把文学与现代性的关系讲得很清楚,并纠正了欧美学术界对"现代主义"历史的严重歪曲。更重要的是,他在相当严谨的理论阐释中体现了"批评的激情",这正是他另一本论述诗歌的书的书名。

用瑞典文写诗的李笠来电话,约我晚上和几个年轻的瑞典诗人聚聚。下午在通往老城的石桥上,我碰到帕斯,问他愿不愿一起去,他满口答应。周围行人涌动,买东西的遛狗的下班回家的,均与诗无关。帕斯站在冬天稀薄的阳光下,披着黑呢大衣,像个退休的将军。傍晚,我打电话到帕斯住的旅馆,他改变了主意。"不行,我累了,"他声音干巴巴的,有气无力,"你知道,这类的聚会太多了……"我当然知道,他这一年所受的名声之累,是要折寿的。

也巧了,我们下一站都是巴黎。

一周后的晚上,尚德兰(Chantal Chen-Andro)、高行健和我在巴黎一家旅馆的大厅等了一会儿,帕斯夫妇下来了。他夫人马里－若泽(Marie-José)是法国人,比帕斯至少年轻二十岁。我提议去中国餐馆,帕斯有点儿不放心,叮嘱我说:"可别乱七八糟的,要去就去家像样的。"终于在附近找到一家,还真不赖。我们吃火锅,喝黄酒,聊唐诗。帕斯翻译过李白、杜甫和王维的诗,他还跟艾略特合写了一本书《读王维的十九种方法》(*19 Ways of Looking at Wang Wei: How a Chinese Poem is Translated*)。我多喝了几杯,变得伤感,大背李煜的词,把帮忙翻译的尚德兰害苦了。在烛光下,帕斯宽容地笑了。

临出门,他被一对法国夫妇认了出来:你是帕斯?

## 二

帕斯当过多年外交官,在法国、日本、瑞士和印度等国任职。由诗人作家当外交官,这似乎是拉丁美洲的文化传统。1968年,帕斯为抗议墨西哥政府镇压学生运动,辞去了驻印度大使的职务，他在欧美漂流了三年，直到1971年才回国。

1993年春天，我到墨西哥的莫雷利亚（Morelia）参加一个国际环保会议，这个会议请的都是科学家和作家。贫富悬殊像一道巨大的裂缝横贯墨西哥。我忘不了跟着汽车跑的那些光屁股的孩子，他们眼睛中有一种深深的绝望。我们到山林中的一个蝴蝶巢穴考察。上千万只蝴蝶，每年从这里出发经美国飞到加拿大，再返回这里过冬，行程几千英里。坐在树林中，只见蝴蝶遮暗了天空，翅膀发出轰鸣。

开完会回到墨西哥城，我给帕斯打了个电话，是马里－若泽接的。她用法语大声呼唤帕斯，能听见房间里的回声。帕斯接过听筒，问我住在哪儿，什么时候有空，他要请我吃午饭。美国小伙子罗伯托（Roberto）陪我一起去，他曾做过帕斯的秘书，母亲是墨西哥人，他的西班牙语跟英语一样好。我一直问他为什么没有女朋友，后来才知道他是个同性恋，跟一个古巴作家同居。

餐馆在郊区的山坡上，外观像古寺，草木掩映，大半餐桌散置于花园中。罗伯托去查订位名单，没有帕斯。他猜帕斯用的是假名。一会儿，帕斯和夫人来了，他戴了一顶遮阳便帽，蓄起满脸花白的胡子，像戴着毛皮面具。

那一阵子墨西哥偏远山区正闹游击队。话题像苍蝇飞来飞去，自然而然地落在这个带血腥味儿的事件上。帕斯和罗伯托看法截然相反。帕斯认为是毛泽东的影响，而罗伯托反驳说官逼民反。帕斯一下翻了脸，用手指打了个榧子，厉声喝道："你美国佬懂什么？滚回家去！"罗伯托闭住嘴，脸憋得通红。我赶紧把话题岔开。

那天帕斯情绪不对劲，跟我也争起来。说起英国诗人W. H. 奥登（Wystan Hugh Auden），我不认为他有什么原创性，帕斯急了："要是奥登都没有原创性，你说谁有？"

国际环保会议闭幕了，在墨西哥城举办了告别宴会。宴会开始前，我注意到记者们在门口焦急地等着什么。达官显贵并没怎么引起他们的重视，而帕斯一出现，强光灯全亮了，所有的镜头都对准他。当天的晚间新闻播放了他对游击队的看法，我认识的几个墨西哥朋友都在摇头。后来听说帕斯后悔了。

帕斯的名声太大，免不了遭人忌恨和暗算。他常在报刊上跟人打笔仗，打得飞沙走石。艾略特告诉我，斗争使帕斯年轻。毕竟岁数不饶人，他病倒了，先在美国做了心导管手术，不久又发现癌症，而大火得寸进尺，吞没了他的过去。

就在帕斯去世前一个多月,艾略特赶到墨西哥城,参加帕斯基金会的开幕式。帕斯坐在轮椅上,极少说话。当人们颂扬他的成就时,他向前扬扬手,那疲倦的姿势在说:让这一切都过去吧。

1994年3月30日,是帕斯的八十大寿。仅仅四年前,他容光焕发,步履稳健,毫无病痛和大火的阴影。美国诗人学会在大都会博物馆为他举办朗诵会,请来约翰·阿什贝利(John Ashbery)和马克·斯特兰德(Mark Strand)等美国诗坛的大明星,也请了我,滥竽充数,据说是帕斯的提议。我找来帕斯的诗集,不知为什么,竟有些失望。在我看来,是他追求宏大叙述的野心毁了那隐秘的激情,这在被称为现代文学经典的《太阳石》(*Sun Stone*)等长诗中尤其明显。我选来选去,还是选中那首他早年写的《街》,仍有初读时的新鲜感。

在一次采访中,他回答说:"每分钟我们都是另一个。现在讲着他者的人与一秒钟以前讲着他者的人不同。那么什么是他者?我们是时间,为了成为时间,我们从来没有结束过生活,总是将要生活。将要生活?那是什么!我不知道。在一问一答中间勃生某种改变我们的东西,它把人变成一个不可预见的造物。"

在美国,为一个外国诗人如此隆重地祝寿,恐怕历史上还是头一回。那天票是免费的,大都会博物馆剧场挤得满满当当。朗诵会开始前不久,帕斯跟艾略特一起挑选朗诵的诗,他突然慌了神,对艾略特说,"我该念什么?它们都不怎么样,真的……"此时此刻,帕斯成了另一个,更接近我通过阅读认识的那个《街》中的帕斯,他疑心重重,在黑暗中摸索,跌倒了又爬起来。最后还是艾略特稳住了他。朗诵结束了,观众的掌声经久不息。

那天我朗诵的是帕斯的《街》:

…………

所有的黑暗无门。
重重拐角出没
总是把我引向这条街
没人等我,没人跟我,
我追赶一个人,他跌倒
又爬起来,看见我说:没人。

# 蓝房子

## 一

蓝房子在斯德哥尔摩附近的一个小岛上,是瑞典诗人托马斯·特朗斯特罗默(Tomas Tranströmer)的别墅。那房子其实又小又旧,得靠不断翻修和油漆才能度过瑞典严酷的冬天。

今年3月底,我到斯德哥尔摩开会。会开得沉闷无聊,这恐怕全世界哪儿都一样。临走前一天,安妮卡(Annika)和我约好去看托马斯。从斯德哥尔摩到托马斯居住的城市韦斯特罗斯(Västerås)有两个小时路程,安妮卡开的是瑞典造的红色萨博(SAAB)车。天阴沉沉的,时不时飘下些碎雪。今年春天来得晚,阴郁的森林仍在沉睡,田野以灰蓝色调为主,光秃秃的,随公路起伏。

安妮卡当了十几年外交官,一夜之间变成上帝的使者——牧师。这事对我来说还是有点儿不可思议，好像长跑运动员，突然改行跳伞。安妮卡确实像运动员，高个儿，短发，相当矫健。我1981年在北京认识她时，她是瑞典使馆的文化专员。西方，那时还是使馆区戒备森严的铁栏杆后面一个相当抽象的概念。我每次和安妮卡见面，先打电话约好，等她开车把我运进去。经过岗楼，我像口袋面往下出溜。

1983年夏末，一天中午，我跟安妮卡去西单绒线胡同的四川饭店吃饭。下车时，她给我一包东西，说是托马斯最新的诗集《野蛮的广场》(*The Wild Market Square*)，包括马悦然（Göran Malmqvist）的英译稿和一封信。马悦然在信中问我能不能把托马斯的诗译成中文，这还是我头一回听到托马斯的名字。

回家查字典译了九首，果然厉害。托马斯的意象诡异而辉煌，其音调是独一无二的。很幸运，我是他的第一个中译者，相比之下，我们当时处于一个很低的起点。

1985年春天，托马斯到北京访问。我到鼓楼后边的竹园宾馆接他。那原是康生的家，大得让人咋舌。坐进出租车，我们都有点儿尴尬。我那时英文拉不开栓，连比画带进单词都没用，索性闭嘴。最初的路线我记得很清楚：穿过鼓楼大街，经北海后门奔平安里，再拐到西四，沿着复外大街向西……目的地是哪儿来着？现在怎么也想不起来了，于是那辆丰田出租车开进虚无中。只记得我紧张地盯着计价表上跳动的数字：兜里钱有限。

没过两天，我又陪托马斯去长城。那天作家协会出车，同行的还有《人民画报》社瑞典文组的李之义。他把作协的翻译小姐支走，小姐也乐得去买买衣服。李之义是我哥们儿，没的说，除了不得不对司机保持必要的防范。那年头，我们跟托马斯享受了社会主义的优越性：坐专车赏景，还在长城脚下的外国专家餐厅蹭了顿免费的午餐。

那天托马斯很高兴，面色红润，阳光在他深深的皱纹中转动。他触摸那些城垛上某某到此一游的刻字，对人们如此强烈的要被记住的愿望感到惊讶。我请他转过头来，揿动快门。在那一瞬间，他双手交叉，笑了，风掀起他开始褪色的金发。这张照片后来上了一本书的扉页，那书收入托马斯诗歌的各种译文，包括我译的那几首。

快到韦斯特罗斯，安妮卡用手机和托马斯的妻子莫妮卡（Monika）联系，确认高速公路的出口和路线。托马斯住在一片灰秃秃的没有性格的排房里——我紧跟攥着门牌号码的安妮卡东奔西突，在现代化的迷宫寻找托马斯。

他出现在门口，扔下拐棍，紧紧搂住我。那一瞬间，我真怕我会大哭起来。莫妮卡说："托马斯正要出去散步……看看我们的托马斯，要不是这两天感冒，简直像个明星……"待坐定，我才能真正看到他。他的头发全白了，但气色很好，眼睛恢复了中风前的镇定。

1990年12月，我得到托马斯中风的消息，马上给莫妮卡打电话。她哭了，"托马斯是个好人……他不会说话了……我能做什么？"莫妮卡是护士，托马斯中风后她辞了职。1991年夏天我来看望他们，托马斯显得惊慌而迷惘。他后来在诗中描述了那种内在的黑暗：他像个被麻袋罩住的孩子，隔着网眼观看外部世界。他右半身瘫痪，语言系统完全乱了套，咿咿呀呀，除了莫妮卡，谁也听不懂。只见莫妮卡贴近托马斯，和他的眼睛对视，解读他的内心。她也常常会猜错，托马斯就用手势帮助她。比如把时间猜成五年，手指向右增加，向左减少，微妙有如调琴。"心有灵犀一点通"，这在托马斯和莫妮卡的现实中是真的，他们跨越了语言障碍。

如今托马斯能说几句简单的瑞典话，常挂在嘴边的是"很好"。托马斯，喝咖啡吗？——很好。去散散步吧？——很好。要不要弹钢琴？——很好。这说明他对与莫妮卡共同拥有的现实的满意程度。我给托马斯带来一套激光唱盘,是格伦·古尔德(Glenn Gould)演奏的巴赫第一、第五和第七钢琴协奏曲,他乐得像个孩子,一个劲儿向莫妮卡使眼色。在我的请求下,他用左手弹了几支曲子,相当专业。弹完他挥挥手,抱怨为左手写的谱子太少了——如今莫妮卡"翻译"得准确无误。

女人们去厨房忙碌,我和托马斯陷入头一次见面的尴尬中。我说了点儿什么,全都是废话。我剥掉激光唱盘上的玻璃纸,把唱盘交给托马斯。放唱盘的自动开关坏了,用一根黑线拴着,托马斯熟练地把唱盘放进去。在古尔德演奏第一协奏曲的前几秒钟,他突然大声哼出那激动人心的第一乐句,吓了我一跳。他两眼放光,让位给伟大的钢琴家和乐队,自己摸索着坐下。音乐给我们沉默的借口。

茶几上,那团成一团的玻璃纸,像朵透明的花慢慢开放。

## 二

蓝房子里挂着一幅多桅帆船的油画,是托马斯的祖父画的。这房子至少有一百五十年历史了。由于保暖需要，天花板很低，窗户小小的。沿着吱吱作响的楼梯上楼，一间是卧室，一间是托马斯的小书房，窗外就是树林。托马斯的很多意象与蓝房子有关。

我头一回见到蓝房子是1985年夏天，即我陪托马斯游长城的半年以后。那时我像只没头苍蝇，在官僚的玻璃上撞了好几个月，终于有只手挥了挥，把我放了出去。

托马斯笑呵呵地在蓝房子外迎接我。在场的除了马悦然和夫人宁祖（她去年因癌症过世），还有他们的学生碧达（Britta）和安妮卡。安妮卡来晚了，她刚从北京调回瑞典外交部。如果时光是部影片的话，我非把它倒回去，让那个时刻放得慢一点儿，或索性定格。那时托马斯爱开玩笑，壮得像牛；宁祖活得好好的，大笑个没完；安妮卡年轻得像个大学生，精力过人，好像直接从北京游过来似的。

瑞典的夏天好像钟停摆——阳光无限。坐在蓝房子外面，我们一边喝啤酒，一边品尝莫妮卡做的小菜，话题散漫。瑞典文和中文近似，有两个声调。两种语言起伏应和，好像二重唱。那年蚊子特别多，逆光下呈雾状，挥之不去，让人心烦意乱。而托马斯坐在蚊子中间若无其事。蚊子不咬他,他也不驱赶,似乎达成了一个秘密的和平协议。

托马斯给我看了他刚刚完成的诗作《上海》(题目后来改成《上海的街》[*Streets in Shanghai*])。开头两句是:

> 公园的白蝴蝶被很多人读着。
> 我爱这菜白色,像是真理扑动的一角。

这意象来自他上海的经历。从北京到上海,没人陪同,使馆要他把所有发票都保存好。发票多半是中文的,他正着看倒着看都没用。那上海闲人多,估摸这奇怪的动作招来看热闹的,于是发票变成了白蝴蝶,被很多人读着。

托马斯是心理学家,在少年犯罪管教所工作。依我看,这职业和诗歌的关系最近,诗歌难道不像个少年犯吗?在二十三岁那年,托马斯靠他的第一本诗集《诗十七首》(*17 Poems*)把瑞典文坛给镇了。即使现在看,那些诗也近于完美。他写得很慢,一辈子只有一百多首诗,结成了全集也不过一本小书而已,但几乎首首都好。那是奇迹。

我们又回到1998年，在晚饭前喝着西班牙开胃酒。我问起托马斯的写作。他从抽屉里找出两个八开的横格本。1990年12月是个分水岭，以前的字迹清晰工整，中风后改左手写字，像是地震后的结果，凌乱不堪。一个美国诗人告诉我，当年托马斯来美国访问，人一走，有人把摹仿他诗句的纸条塞进他住过的房间，再找出来，宣称是伟大的发现。他们要能看到这原稿，还了得？

二十世纪六七十年代，不合时代潮流的托马斯受到同行们恶狠狠的攻击，骂他是"出口诗人""保守派""资产阶级"。记得有一次我问他生不生气。"我倒想说不，可我能不生气吗？"

如今时代转过身来，向托马斯致敬。他接连得到许多重要的文学奖。莫妮卡告诉我，前不久，他俩去斯德哥尔摩美术馆，被一个导游认了出来，他大声向观众们说："这是我们的托马斯！"全体向他们鼓掌。

1990年初，我漂流到瑞典，在斯德哥尔摩一住就是八个月。1985年那个令人晕眩的夏天一去不返。我整天拉着窗帘，跟自己过不去。若没有瑞典朋友，我八成早疯了。

那年我常和托马斯见面。

一张托马斯在花丛里的照片上标明：1990 年 8 月 4 日。那天早上，我和李笠乘轮船直奔蓝房子，结果坐过了站，被抛在另一个岛上，下一班船要等好几个钟头。李笠说服了一个住在岛上的老头，用汽艇把我们送过去，老头说什么也不肯收钱。

那天布罗茨基也在。他 1972 年离开俄国，再也没回去过。几乎每年夏天，他都到斯德哥尔摩住一阵，据说是因为这儿的环境气候最像他的老家彼得堡。我头一眼就不喜欢他，受不了他那自以为是的劲头。此后又见过面，都改变不了这第一印象。布罗茨基对托马斯倒是很恭敬。他曾老老实实承认，他的某些意象是从托马斯那儿"偷"来的。

我们坐在阳光下喝啤酒，懒洋洋的。大家倚在蓝房子的扶手台阶上，用 Polaroid 照相机轮流拍照。他们的小女儿玛利亚（Maria）帮忙收拾杯盘，她长得很像莫妮卡。他们有两个女儿，都住在斯德哥尔摩。

李笠、布罗茨基和玛利亚赶傍晚的一班船回斯德哥尔摩，我留下来，住在蓝房子旁边的一栋小木屋里。那夜，我失眠了。树林里的猫头鹰整夜哀号。

算起来，从那时到托马斯中风只剩下四个月。只有托马斯自己,在1974年发表的唯一一首长诗《波罗的海》(*The Baltic Seas*)预言了这场灾难。8月初,我从瑞典搬到丹麦,临走前跟托马斯夫妇来往最频繁。他们一到斯德哥尔摩,马上打电话过来。和中国人在一起,饭局是少不了的,几杯酒下肚,托马斯总是半开玩笑地对我说:"我从没见过像你这么高的中国人。"

11月初,我在丹麦奥胡斯(Aarhus)刚落脚,托马斯就跟过来朗诵。我像傻子一样,坐在听众中间。现在想起来,那是天赐良机,在托马斯即将丧失语言能力以前。他嗓子有点儿沙哑,平缓的声调中有一种嘲讽,但十分隐蔽,不易察觉。他注重词与词的距离,好像行走在溪流中的一块块石头上。朗诵完了,听众开始提问。有个秃顶男人和托马斯争了起来。我还是像傻子一样,头在瑞典语和丹麦语之间扭来扭去。我从来没见过托马斯这么激动过,他脸红了,嗓门也高了。

朗诵会后,主持人请我们一起吃晚饭。问起刚才的争论,托马斯只说了一句:"那家伙自以为有学问。"我想为一起来听朗诵的同事安娜讨本诗集,他把手伸进书包,孩子似的做了个鬼脸——没了。没了?我有点儿怀疑。没了!他肯定地说。

一个月后，他拒绝再和任何人争论。听到他中风的消息，我很难过，写了首诗给他，听莫妮卡说他看完掉了眼泪：

你把一首诗的最后一句
锁在心里——那是你的重心
随钟声摆动的教堂的重心
和无头的天使跳舞时
你保持住了平衡
…………

一晃七八年过去了，托马斯真的保持住了平衡。

我第二天一早飞回美国，得早点儿动身回斯德哥尔摩。晚饭吃得早，有鱼子酱、色拉和烤鱼，餐桌上点着蜡烛，刀叉闪闪。烛光中，托马斯眼睛明亮。莫妮卡时不时握握他的手，询问般地望着他。饭后，我们回到客厅，打开电视，正好是晚间新闻。政客们一个个迎向镜头，喋喋不休。莫妮卡和安妮卡笑起来，而托马斯表情严肃，紧盯着电视。一会儿，莫妮卡关上电视，端出她烤的苹果馅饼。我们正有说有笑，托马斯又用遥控器把电视打开。莫妮卡告诉我，托马斯觉得有责任监督那些愚蠢的政客。

1990年夏天，我的确在蓝房子过夜时失眠，莫妮卡证实了这一点。那么第二天早上干什么来着？对了，我跟托马斯去采蘑菇。我们穿上长筒胶靴，笨拙得像登月的宇航员。走着走着下起雨来，林中小路更加泥泞。托马斯走在前头，用小刀剜起蘑菇，搁嘴里尝尝，好的塞进口袋，坏的连忙吐掉，说："有毒。"

# 辑二

# 彭 刚

一年多前,国内的朋友来信求证一个消息:彭刚自杀了。可无人知其行踪。只知道,他1982年来美,就读于匹兹堡大学(University of Pittsburgh),获得数学博士,再无下文。他自杀,我是信其有的,为此难过了好几天。

1973年年初,彭刚和芒克在北京街头,花一毛钱分享了个冻柿子后,宣布成立"先锋派"团体。彭刚家和北京火车站仅一墙之隔。他俩心血来潮,翻墙,跳上辆南行的列车。头天晚上,彭刚去图书馆偷书,摔坏了胳膊。第二天芒克和父亲吵翻来找他,他扯掉绷带,上路。他们在信阳和武汉两度被赶下火车。钱花光了,只好变卖随身衣物。彭刚让芒克用仅剩的五分钱洗把脸,去找个漂亮姑娘乞讨。最后还是个好心的女干部帮他们安排回家。

我是那年秋天认识彭刚的。从彭刚家的后窗能看见那堵灰色砖墙。火车驶过,震得玻璃哗哗响。我得承认,那是一种诱惑。后来我的免费旅行也是从那儿开始的。

彭刚的画让我震惊。我当时就我有限的人生经验判断:此人不是天才,就是疯子。他的画中,能看到那次旅行的印记:表情冷漠的乘客、阳光下燃烧的田野和东倒西歪的房屋。他很大方,让我随便挑选,我卷了几幅,回家悄悄藏在床下。

彭刚长相怪,有点像毕加索蓝色时期中的人物。他最常见的表情是嘲讽,眼睛细长,好像随时向这世界瞄准。说话正是瞄准后的射击——快且准。他精瘦,而冬天只穿一件单衣,影子般瑟瑟穿过大街小巷。那年冬天,我们很快熟络起来——截然不同的性格刚好互补:我正寻找烈酒般的疯狂;他呢,他的疯狂需要个容器。

他把日记给我看。他父亲是个工程师,死于迫害。在得知父亲死讯的当天他写道:我要有颗原子弹,一定和这个世界同归于尽。另一篇是他十六岁自杀时写的。他吞下半瓶安眠药,再用刀子把大腿划开。字体变得歪斜,描述却极其冷静:血渗出来,从白花花的伤口,并不太疼……看来死亡就那么回事……日记中断,他突然想活,挣扎着冲进附近的医院求救。

时隔二十五年，他仍有自杀冲动，不得不让人佩服。

一天回家，女儿告诉我有个叫彭刚的来过电话，吓我一跳，赶紧打回去。他嘿嘿笑着，听起来绝非在阴间。因为他多半用英文，谈的又都是美国现实：钱、电脑和工作压力。你知道，这儿，钱就是权力。他是从图书馆的电话簿上找到我的。自杀？谁？我没工夫自杀。他住的离我不远，开车只要两个小时。见面？当然，哎，最近太忙……

想当年我们三天两头见面。他是个恶作剧的天才。在饭馆吃饭，他顺手把盘子和茶壶塞进书包；或旁若无人，从副食店牵走个西瓜。我们去白洋淀的小镇赶集，只见他拎着篮子，沿一个个摊子晃过去，边跟老乡攀谈问价，边把蔬菜瓜果装进篮子，让对面的老乡看得目瞪口呆。

那是哪年？对，1974，是夏天。一行六七人，从北京搭火车混到保定，出站时被抓住。我们声言在白洋淀插队，没钱。警察不信，挨个搜身。彭刚耍贫嘴，被搜得最彻底，连鞋都脱了。我显得最本分，警察草草了事，放人。而钱都藏在我身上。

回首往事，大可不必美化青春。我们那时一个个像孤狼，痛苦、茫然、自私、好勇斗狠。当然总有些美好的时刻。记得我和彭刚、芒克划船去县城打酒，是那种最便宜的白薯酒。回来起风，越刮越大，高高的芦苇起伏呼啸。我们一边喝酒，一边轮流奋力划船。第二天，在邸庄插队的朋友那儿过夜。赶早集，彭刚窃得瓜菜一篮，做成丰盛晚宴。酒酣耳热，从短波收音机中调出摇滚乐，彭刚和陈加明欣然起舞。两个精瘦的小伙子像蛇一样盘缠摆动，令人叫绝。入夜，余兴未尽，荡舟于淀上。水波不兴，皓月当空。天地父母，可容得逆子远行？

今年春天，一位当年的老友来访。我们给彭刚打电话，他用英文惊呼见鬼，开着红色的尼桑新车，带来法国香槟和爱尔兰啤酒。他从毕加索的蓝色阴影中走出来，比以前宽了一倍。脸上多肉，很难再召唤早年的嘲讽。眼睛也已倦于瞄准，说话照旧很快，夹杂英文，像散弹，射向噩梦般的工作压力。

要说他在美国算很成功了，在匹兹堡拿到博士，在哈佛工作，又转到伯克利著名的量子物理实验室做研究。三年前，他改行搞电脑，在硅谷找了份不错的差使，正步步高升。也怪，他竟没回过国，十五年了。

彭刚当年在北京的圈子里是有名的疯子。除了生活放纵，恐怕更主要是指他那诡谲多变的画风，和官方控制的艺术潮流完全背道而驰。有一回，他也试着参加官方的画展，那是幅典型的表现主义作品。画的是个菜市场的女售货员，丑陋凶恶，一手提刀，一手攥着只淌血的秃鸡，池子里堆满了宰好的鸡鸭鱼肉。负责选画的人把他叫去，先上下打量一番，问："这是你画的？"他点点头。"念你年幼无知，这回就饶了你。还不快滚！"

他擅长讲故事，不少是美国电影。我还记得《第六棵白杨树》，他讲了一个半钟头，连比画带口技，加上即兴配乐，听得我热泪盈眶。其实他并没看过，也是听来的。据说前边那位更绝，讲了两个半钟头，比电影还长二十分钟。我来美国到处找这片子，竟没人知道，它说不定只是汉语口头文学的一部分。

我们常去我家附近的小饭馆喝酒。有一天，酒酣耳热，我们说到未来，说到艺术的前景及"文革"的结束。彭刚兴奋地盯着我，悄悄说："中国将来有大变，咱们都得好好干一场。"我们为自由干杯。

1975年初，我的朋友赵一凡被捕入狱，他是地下文学作品的收藏家。风声紧，我开始转移信件、手稿，和朋友告别，做好随时入狱的准备。找到彭刚，他跟他姐姐借了五块钱，拉我到新侨饭店的西餐厅，帮我分析案情,传授他两次入狱的经验。出来,北风肆虐。他拍拍我的肩膀,没多说,黯然走开。拖了几个月,竟没警察上门,我又开始活动。

我和彭刚之间出现裂痕,像酒和瓶子互相厌倦。我们有过一次激烈的争吵。那是从朋友处出来,搭22路末班车,坐在车中间的连接器上,我们随之颠簸转动,窗外的光影变幻不定。

此后我们很少来往。

1978年底《今天》创办时,彭刚已考上北大化学系。他偶尔到编辑部坐坐。我提醒他,这就是我们梦寐以求的大变,别忘了那次喝酒时的承诺。他咧嘴一笑,说:"有个人跟每个朋友许愿:我要有条船,一定把你带走。后来他真的有了条船。但太小,只能坐俩,不可能带走所有他曾许过愿的人。他只好上船,向众人挥挥手,再见啦。"不久,彭刚只身来了美国。

十八年后,我给他打电话,再次提醒他别忘了给《今天》写稿。他这回不再提那条船了。"太太刚生了孩子,我除了上班,又开了个公司。没辙,有项专利嘛。老实说,睡觉的工夫都没有。嗨,过日子,得还清房子贷款,得给儿子攒学费。以后吧……"

# 波兰来客

飞机着陆一小时了，仍不见影子，让我捏了把汗。美国国会刚通过的限制移民的法案，由电脑网络输进所有机场移民官员的大脑，映在脸上，肯定雪上加霜。老刘终于从自动门探出头来。八年没见，他明显苍老了，让我想起他父亲。他穿的竟是那件七十年代就穿上的土黄色羽绒服，领子很脏，袖口磨破，好像有意嘲笑由林同炎先生设计的旧金山国际机场，旅客正由此飞向未来。

我们开车回到过去。他一上车就要抽烟。无奈，只好开窗，烟缕在风中急剧抖动。屈指一算，我们认识二十五年了。1972年春天，中学同学唐晓峰神秘地告诉我，他的邻居是地下艺术团体"先锋派"的"联络副官"，这两个称号具有同样的吸引力。老刘在工厂当钳工，但文质彬彬，像个旧时代的文人。他刚从大狱里放出来，因反动言论关了三年。有幸和不少文化名人关在一起，关出不少学问和见识。他仍像个犯人，缩在双层铺和小书桌之间，给我讲狱中的故事，他立志要写出来。经他介绍，我认识了"先锋派"的"猴子"——也就是后来的芒克，又通过"猴子"认识了彭刚，其实"先锋派"也就这两位，再加上联络副官，三人行。

第二天，老刘系上围裙，麻利地操刀掌勺，给我们做饭。他在波兰开了家中国饭馆，生意兴隆。1990年夏天，他无法忍受国内的沉闷气氛，去了匈牙利，混了半年，又转战波兰。诗人一平，跟我讲起在波兰的奇遇。街上问路，他正好问到一家中国饭馆。有人应声，从地下推开扇窗户，爬了出来，满脸烟熏火燎，露出白牙——正是老刘。先有免费打工的铺垫，才有后来的发展。他攒钱，在大学区盘下家小馆子，当起厨师、红白案、采购、会计，兼老板。

老刘的变化让我目瞪口呆。八十年代，我们这帮人里，顶数他日子过得滋润。他为香港中新社到西藏拍纪录片，赚些外快，购置了电器和罗马尼亚家具。要说不在钱多少，而是一种态度：人生难得几日闲。他经常备上酒菜，请朋友聚聚。他说话和时代节奏成正比。起先慢条斯理；商业浪潮来了，带有间歇性停顿；再赶上八九年，变成喘息，他卷起铺盖上路了。

和老刘相比，实在惭愧。在国外，除了靠奖学金，靠母语在学校混混，我还能干什么？所谓先生存，后发展。文人自己种稻做饭，自然不必"为五斗米折腰"。

对美国，老刘最初的反应是谨慎的。他仔细比较价钱，从生姜到汽车；他收集饭馆的菜单，留意报纸上的分类广告。我终于从他眼睛里看到了什么。我也从欧洲过来，知道一个中国人在另一古老文化中的失语状态，知道那随经济浮动的排外情绪，也知道新大陆呈现的种种幻象。老刘想和他的美国梦一起留下，但美国移民局的答复是：您留下梦，走人。

七十年代，我和老刘常结伴出游，去过白洋淀、五台山等地，没想到如今可走远了，远得望不到家、回不成家或干脆不想回家了。1975年秋天，我和父亲吵架，一怒之下和老刘上了五台山。那颓败的庙宇和稀疏的松柏沐浴在夕阳中，呈凄凉之美。我们认识不少和尚，多是农家出身，质朴可亲。有位尼姑是四十年代北大中文系的学生。为何出家？必有一段隐情才是。

在昏暗的光线下,她满脸褶皱,目光清澈。谈得投缘,我们把一本任继愈关于佛家思想的书送给她。最后钱用光了,我们经大同扒火车回北京。快到北京时,我们为在哪儿跳车吵了起来。老刘执意要在远郊的小站下,我认为目标太大。俩人脸憋得通红,怒目相视。最后还是在北京站下车,翻墙逃脱。拐进前门一家澡堂子,泡了个热水澡,躺在铺板上,抽烟,望着天窗,我们才开始说话。

话说回来了,那时我们有梦,关于文学,关于爱情,关于穿越世界的旅行。如今我们深夜饮酒,杯子碰到一起,都是梦破碎的声音。

老刘的两次婚姻都失败了。现任妻子和他一起开饭馆,仅仅因为在国外手续复杂,离婚一拖再拖,拖得两人都没脾气,只能将就。情人节快到了,我女儿偷偷问我:"为什么刘叔叔买了两张情人卡?"我怎么解释?一张给妻子,出于习俗和生活惯性,另一张是给波兰房东的女儿,那是真情。老刘请我把他的题词译成英文,再抄在情人卡上,但他连情人的名字都拼不准。我为他感到悲哀:除了有限的波兰饭馆用语外,他用什么来表达?但这毕竟是他仅有的阳光,在烟熏火燎的异地他乡。

老刘生性温和，知书达理。按一平的话来说，他是个毫无侵略性的人，在此伤天害理的年月实属少见。祖上是河北农民，若无革命，他很可能是个乡下秀才，度过平静而儒雅的一生，时代变了脸，让他入大狱，做苦工，险些病死在铁栏杆后面。而这狱中经历成了他的命运。好不容易消停两天吧，又开枪放炮，逼得他远离故土，沿成吉思汗的路线给远房亲戚生火做饭。母亲病重，那些穷亲戚在路条上百般刁难，竟没让他回去见上一面。直到最后一刻，母亲仍盯着门口。

"我现在是赎身。"老刘酒后伸出指头，"十万！只要攒够十万美元，就告老还乡了。"他脸色红润，一扫刚来时的晦气。挣钱赎身，回家，回乡下，买房置地，读书写作，过老秀才的生活。这倒是他一辈子的理想。自打认识，他就一直叨唠这事。可何为以后？

那天乘游船在旧金山湾兜风，金门大桥像把尺子在我们头上翻转，好像在测量我们有限的一生。我们在它下面合影，为二十五年的友谊，其实二十五年只是它最小的刻度。

就在老刘到的前两天，我女儿告诉我，有个叫彭刚的来电话。莫非是那个二十五年前"先锋派"的彭刚？果然，他来美国多年，前两年搬到圣何塞（San Jose），离我这儿不远。我给他打电话，说有人想跟他聊聊。老刘接过电话，自报姓名，悠悠然。彭刚惊呼见鬼，风驰电掣而来，拎着香槟和啤酒。那聊法有如登山，对年轻人不算什么，上了岁数就明显感到吃力。

日薄西山时，不免感叹：众人星散，看来"联络副官"这些年有点儿玩忽职守。

老刘要回去了，那边饭馆告急，加上签证也到期了。临走，我陪他去采购。他买的都是饭馆所需，大到蒸锅，小到姜蒜，塞满一个大纸箱。我打电话为他订位时，发现由于班机衔接不巧，他得在巴黎机场待整整一昼夜。我拉他去法国领事馆办过境签证，不肯，他要为赎身省钱。结果在机场遇到麻烦。柜台后面漂亮的小姐皱着眉头，一边翻着护照，一边打量着大纸箱和那身七十年代的羽绒服，她坚持老刘必须得办法国签证。好说歹说，又找来上级，才放行。

别后，我一天都心不在焉。在巴黎戴高乐国际机场，正当搬运工人倒腾那个大纸箱时，老刘缩在柱子后面，睡着了。

# 胡金铨导演

早上8点,我在香港的一家旅馆醒来,捡起从门缝塞进来的当天报纸,回到床上浏览着,没有重大新闻。略过那些因冷酷而堆满虚假笑容的政治家的照片,我突然发现一个熟悉的面孔。他一手拿着烟,在摄影机前和女演员交谈,看来他筹划已久的《华工血泪》终于开拍了。

我再看标题,心里一惊:名导演胡金铨猝逝台北。他是昨晚六时在冠动脉硬化手术时逝世的,享年六十六岁。要说我已见过太多的死亡,但胡导演的离去还是让我无法接受。心情恶劣,我给洛杉矶的老顾打了个电话,他也知道了。我们没有多谈,我的声音哽咽了。

我和胡导演是1990年在洛杉矶认识的。我这些年四处漂泊,时间、地点和人物往往都混在一起,我却还清楚地记得那次见面的环境、氛围和谈话细节。那是由原北京电影学院的老师穆晓澄夫妇,在一家相当典雅的江浙餐馆"钱塘春"请客。我实在孤陋寡闻,既没有看过他的电影,甚至也没听说过他的名字。他身材不高,略微发福;和身材相比,脑袋显得很大,眼睛炯炯有神。我被他一口地道的京片子吸引住了,那是没有经过革命风暴的污染的京片子,会让人唤起一种比乡愁更加悠远的记忆。

他离开北京正是我出生的时候:1949 年。当时他高中毕业,在同班同学的怂恿下,想去香港试试运气。他去找刚接管北京的当区长的亲戚帮忙,被狠狠训了一顿,可没过两天,去香港的通行证批准了。

在《他乡与故乡》这篇散文中他写道:

> 也是在"旧社会",有这么个说法:世界上有两个都市是"流沙",就是北京和巴黎,只要你在这两地方住上几年,就不想搬了。说北京和巴黎像"流沙",是形容这两个都市迷人的地方,要慢慢地体会,时间长了,你就爱上她了。越陷越深,终于老死斯土。这种说法是对"外地人"而言,像我这种

在北京土生土长的人,并没有这种感觉,而且很厌倦那种死气沉沉的环境,时时想冲出去。

他从小好读书,在香港找到的头一份工作是在印刷厂当校对,这多少还算有缘分。可校的头一本书竟是香港的电话簿,第二本更倒霉,是没有标点符号的佛经。他干过的工作五花八门,在美国新闻处打杂,在广告公司画画,在电影公司当布景师,当演员,终于熬成了导演。他的成名作《大醉侠》,一炮轰响。接着又转到台湾拍了《龙门客栈》,在香港创国语片的卖座纪录。随后他花了三年时间拍《侠女》。《侠女》获1975年康城电影节"最高技术奖"。权威的英国《国际电影指南》(*Directory of World Cinema*)1978年把他选为国际五大导演之一,在亚洲导演中,他是继日本的黑泽明之后第二位获此荣誉的。那是胡导演的鼎盛时期。

他是个完美主义者。拍《侠女》时,有一场戏要古宅空庭的萧瑟效果,可他嫌芦苇不够高,宁可再拖几个月等芦苇长高了再拍。如此刻意求工,不计成本,必然会和老板发生冲突。连着几部片子不赚钱,就没人再找他拍电影了。这十年来,他只拍了《画皮》,都是好编剧、名角，就是不成功。我认识胡导演，正赶上他走背字。也许正因为此，才和我们这些社会上的闲杂人员来往。我常路过洛杉矶，每次和朋友们聚会都少不了他。

听胡导演聊天，是一种享受。他天大的事芝麻小的细节都能娓娓道来，妙趣横生。他聊起天来从不知疲倦，且不容别人多嘴。周围的朋友都很知道分寸，绝不会扫他的兴。据说有一回，一个不懂"规矩"的毛头小子多说了几句，竟惹得胡导演大怒："你，你怎么不让我说话？"而我天生就是个听众，所以和胡导演挺合得来。1995年初，我经过洛杉矶，住在老顾家。一天晚上台湾的资深记者卜大中要请我和胡导演吃饭。那天早上我刚醒，就接到胡导演的电话，要先过来和我聊聊。从9点一直聊到下午1点，接着胡导演拉我到一家北方小馆点了面条、葱油饼和酱牛肉。连吃带聊到两点半，我有午睡习惯，明显感到体力不支了。看这架势胡导演要聊到天黑，接上傍晚的那顿饭局。回老顾家的路上，我忍不住透露了我的恶习。

"午睡？"胡导演吃了一惊，样子显得很失望。但接着说，"哦，那是福分。行，咱们晚上见。"

胡导演在香港影艺界是有名的怪杰，这指的是他脾气古怪，戏拍得不多，不务正业，著书，开画展，讲学。他收藏的书多得没地方放，一部分捐给了加州大学的洛杉矶分校（University of California, Los Angeles）。据他的前妻钟玲讲，他生平最大的乐事就是不务正业，而一拍电影就头疼，因为得拼命地干活，没时间看闲书、喝酒、跟朋友吹牛……

说起来，胡导演那四海为家，他乡当故乡的潇洒劲儿特别让我佩服。他在北京、香港和台北都住过，后来和我一样，流浪美国。有人问起他的故乡是哪儿，他或曰香港或曰洛杉矶，单单不提北京。

去年10月，老顾和穆晓澄相约从洛杉矶开车到我这儿来玩，胡导演知道了，也要一起凑热闹，结果反倒是他的兴致最高。穆晓澄在电视台干活，太忙，时间老是凑不到一起。胡导演等得不耐烦了，嚷着要和老顾搭"大灰狗"长途汽车过来。最后未能成行，两个月后，我陪父母去洛杉矶，胡导演已去了台北，我们错过了最后见面的机会。

胡导演死后两袖清风，膝下无后。人们忙着为他选择安葬地、塑像、建立基金会，沸沸扬扬，而我只有一个愿望：去看看他的片子。

# 证人高尔泰

某些人很难归类。他们往往性情古怪,思路独特,不合群,羞怯或孤傲。一般来说这种人不大招人喜欢,特别是政治家,无论是专制者还是民主派,都会因为他们难以归类,不便管理,而把他们看作天生的敌人。高尔泰就是其中一个。

我一到纽约就跟他们联系。高尔泰耳聋,一般总是他的夫人浦小雨接电话。在小雨柔弱的声音中,突然听见高尔泰的大嗓门:"北岛,欢迎你来!"随即就消失了。他只使用电话的话筒部分,因听筒部分对他毫无用处。

头一次见到高尔泰是1985年,在成都的一个画展上。我们握手时,他的手大而有力。我从手注意到他的体魄,健壮、敏捷,且不善言辞,和著名的美学家、大教授的身份极不相称。我们闲扯几句，我记住了他那双略显忧郁的眼睛。其实那大概是他一生中最顺的日子——暴风雨短暂的间隙。

听说过他的一个故事。1983年高尔泰在兰州大学教书，赶上"反精神污染运动"，被定为全省批判的重点。有一天校党委书记通知他，省委书记要跟他谈话，并给了他张条子，写明时间和地点。可到时竟不见踪影，急得党委书记团团转，四处寻找，直到第二天才找到他。书记暴跳如雷，问他到底躲到哪儿去了？高尔泰平静地说，他没有躲，只是在画室画画。书记厉声问他既然接到通知为什么不去？他答道，我是接到了通知，可我并没有答应。

高尔泰，江苏高淳生人。1957年因发表《论美》一文被打成右派。大概是高家的反骨，父亲和姐姐也遭此厄运。不久，被劳改的父亲在出砖窑时跌倒，再也没爬起来。高尔泰在戈壁滩的劳改营目睹了无数的死亡，自己也差点饿死。1959年他被一双无形的手从死亡线上挑出来，送到甘肃博物馆画十年大庆的宣传画，逃过一劫。他离开劳改营的当天，头一次和押送他的警察共进晚餐，他嚼都不嚼，大口吞下太多的肉块，以致到今天还常常胃疼。

我再次见到他是在洛杉矶。我们的舞台由于一次事件转动了。亲朋好友，天各一方，甚至永远不再相见。没想到时隔八年，我跟高尔泰竟在地球的另一端重逢，真是又惊又喜。他变化不大，原来眼睛中的阴郁竟然消失了，代之以明朗，像洛杉矶的天空。他耳背，跟他交流很困难。每次我说话，都由小雨大声重复一遍，有点像通过口译，只不过是从中文到中文。好在我们都不认为谈话是重要的，大家在一起坐坐，分享那温暖的时刻。小雨是高尔泰的学生，曾在北京的首都博物馆搞美术。她性情温和，心甘情愿地跟老师浪迹天涯。他们当年靠给西来寺画画维生，日子简朴而充实。告别时，我有一种冲动，想搂住他那厚实的肩膀。不，我想不是哀怜，而是骄傲，为他而骄傲。

以后陆陆续续读到他的回忆录《寻找家园》，让我记起那一瞬间的骄傲。中国不缺苦难，缺的是关于苦难的艺术。高尔泰的故事把我们带回到历史的迷雾中，和他一起目击了人的倾轧、屈服、扭曲和抗争，目击了生命的脆弱和复杂，目击了宏大的事件中流血的细节。他的文字炉火纯青，朴实而细腻，融合了画家的直觉和哲学家的智慧。他告诉我，他是压着极大的火气写的。我却没有这个感觉，可见他功力之深，把毕生的愤怒铸成一个个汉字。

我们去看望高尔泰夫妇。从曼哈顿出发，穿过荷兰隧道（Holland Tunnel），进入新泽西。我的朋友学良开车，车是跟他弟弟借的，又破又小，新装上的轮胎还有问题，车身发飘。我们离开都市，穿过人烟渐渐稀少的旷野，春风吹绿了大片的树林。

他们在新泽西南部的一个老人住宅区花五万美元买了个小房子，这笔钱在曼哈顿最多只能买间厕所。我是建筑工人出身，房子一看就是低成本的。两室一厅，一间卧室，一间是高尔泰的书房，还有间相当敞亮的花房，作小雨的画室。这里太安静了，静得耳朵嗡嗡响。他们生活简朴，很少与别人来往，除了画画写作，唯一的乐趣就是到附近森林散步。

高尔泰和我所见过的中国知识分子都不一样。他外表更像农民，眼睛眯缝着，脸色红润，总是带着敦厚的笑容，好像望到了一年的好收成。我和高尔泰聊天，小雨继续充当"口译"。后来发现我坐的位置不对，正好对着他那只聋了的左耳，我调整了一下，靠近他的右耳，谈话顺畅多了。我突然想到,他不戴助听器,显然是有意切断和世界的联系。当他关上一扇门,就会打开另一扇门——通向内心之门。我夸他的散文写得好,这回让他听见了,他乐得像个孩子,接着问我别人还有什么看法。又连忙从书房取出一本影集,里面不是照片,而是一张张比火柴盒稍大些的发黄的纸片,仔细看去,上面竟是些肉眼难以辨认的字迹,细密得像古瓷上的纹路。他告诉我,每张纸片都有一万多字,是他在劳改营写的。为安全起见,他把钢笔尖磨得比针还细,趁没人时写在纸片上,再把这些纸片藏在棉袄的夹层里。一件棉袄竟有十几层大小口袋,装满这些危险的秘密。"文革"抄走了他所有的手稿,唯独这些记述了他更为隐秘的思想的小纸片被抄家者当废纸踩来踩去,没人注意,得以留存。

晚饭前,他带我看看他和小雨的画。他们的生活压力很大,去年他们给庙里画了三十幅画。六十年代高尔泰在敦煌文物研究所临摹壁画多年,老天再次成全他,这本事成了他在海外谋生的手段。他告诉我,有时写作会突然想到养家糊口,只好忍痛放下笔。

客厅墙角有一副做俯卧撑的木架,是他自制的。我常去健身房锻炼,连撑二十下,不免有些得意。没想到他连撑五十下，面不改色气不喘。他毕竟今年六十二岁了。五十年代，他靠天生的体质，平过百米短跑的全国纪录。也许老天给了他这副好身子骨，就是为了让他熬到别人熬不到的那一天，为人间的苦难作证。他告诉我，有一回他在狱中，狱霸像对待所有新来的犯人那样对待他。忍无可忍，他三拳两脚就把那家伙摆平了。

同行的朋友咪咪反客为主，转眼间做了一桌好饭菜。高尔泰端出坛上等黄酒。席间，小雨又成了客人们的回声。上路时，高尔泰握着我们的手，大声说："很高兴你们来！"这句客套话，被他还原其本来的含义：他真的很高兴。

夜色深了，我们的车走错了方向，又绕回来。他们还站在那里，大概要去散步。我似乎看见他们手挽手，穿过没有月光的森林，一直走到黎明。

# 单线联络

于泳是假名。这样免得美国移民局或中国某派出所有一天找他麻烦。其实,我根本没见过他,对他几乎一无所知,熟悉的只是他的东北口音。

去年秋天,邵飞突然接到一个陌生人的电话。"我叫于泳,你可能没听说过我。我爹和你妈是小学同学,这样我得到了你们的电话。"接着他凌乱地讲了自己的故事。他在家乡做过期货,到外地倒过盘条,发了点儿小财。去年到加拿大谈生意,未果,于是潜伏下来,从长计议,为了有一天打开海外的市场。没想到加拿大经济不景气,手头越来越紧。有人劝他,美国好挣钱。"他妈的美国,比加拿大强不到哪儿去。"他说着说着来了气。邵飞问他现在何处。"旧金山。我的加拿大签证过期了。

边境上不是没什么人管吗？"最后他才说明意图，希望能到我们这儿来，想想办法，给他找份工作。"要说干啥都行，我能将就。"邵飞要他留个电话号码。"我没电话，现在我在街上用的是电话卡。"看来还只能单线联络。

我们刚有一段不愉快的经历，实在没有勇气再接待一个八竿子够不着的陌生人，尤其在商界混过，更让人敬畏。于泳却以他特有的方式固执地进入我们的生活。他作为单线联络的上级，并不常来电话，每次想必都是他生活中的转折时刻。有人说纽约好挣钱，他到了纽约。"这儿也不咋样，"他对纽约作了如下评论，"汽车挤满街，楼房黑黝黝，空气污染邪乎。黑人太多，危险。工作可不好找，没工卡，老板理都不理。"他传递的情报越来越简短，看来形势变得很严峻。

今年4月，他突然提出借钱。"这美国是待不住了，"他结巴起来，"我、我想回加拿大，能、能不能借我点儿路费？"邵飞找我商量。可正赶上我们手头拮据，预购了夏天出门的飞机票，还清信用卡账单和每月的房屋贷款，账户所剩无几。我知道，一个人开口借钱必是万不得已，再跟邵飞商量。但我们的上级已消失在茫茫人海中。他此刻在旧金山街头游荡，迎着海湾的落日，郁郁寡欢，兜里揣着和世界最后的联系———一张电话卡。

三周后，我们突然接到一个电话。先是英文机器的声音："这是对方付款电话，如果你愿意接的话，请按三，否则……"其中突然夹杂着于泳绝望的叫喊："邵飞，请快按三，我有急事！"按了三，他像个溺水者终于浮出水面。"我进大狱七天了。这里的日子太苦了，三十人挤在一屋，伙食又差。他们今天才还给我电话本。"他在一家中国餐馆刷碗时，遭到移民局官员的突然袭击。老板被重罚；他锒铛入狱，关在西雅图，紧靠加拿大边境。"我在美国只认识你们。借我四千美元的赎金，我一定还。"从几百美元的路费升到四千美元的赎金，我们到哪儿去找？"那、那，赶快给我父亲打电话，让我弟弟汇给你们，你们再用现金支票寄给我，务必在本月29号以前，那天法院开庭，我缴了赎金就可以申请政治避难了。"

接着他提起在温哥华有哥们儿，可以帮邵飞办画展。这话说得实在不是时候。再问他的电话号码，他说牢房有台既没拨盘也没号码的电话，只能打对方付款，看来联络方式不变。

此刻我在东京的成田国际机场转机回美国，在顶楼的快餐厅要了碗日本牛肉面。旁边是两位台湾小姐，正在讨论美元和日元的汇率,计算在免税店给老爸买的XO法国白兰地。另一边是看来久居美国的华人夫妇,正在训两个小不点儿。"说实话,是谁推的桌子?"妈妈厉声问。父亲捅捅她,"用英文。"妈妈用英文重复:"是谁推的桌子?"我们的目的地都是美国。移民是否合法,取决于时间、亲友、金钱,还有机遇和对法律解释等多种因素。美国除了印第安人都是移民,只不过有个先来后到的问题。说到天赋人权,其实每个人都有权选择他在地球上居住的地方,即迁徙自由。于泳却为了追求这自由而锒铛入狱。

从于泳发出呼救信号到开庭只有一星期,邵飞连夜打电话给他父亲,不通。只好通过我岳母设法转告。第二天一早,老父亲终于来了电话,一口苍凉的东北腔。除了担忧和感激外,他保证,于泳绝无政治问题。老头真糊涂啊,那是中国的标准,没政治问题可以入党提干,可美国的标准是,有政治问题他儿子就可以留下。这个经历太多政治惊吓的老父亲怎么也转不过这个弯来。

四千五百美元终于从东北汇出,但路上要好几天。于泳几乎每天来电话,这种对方付款电话非常贵,据说是普通电话费的五倍。但总得让溺水者上来透透气吧。正

单线联络

赶上邵飞动身去马来西亚办画展，这营救的重担就落在我肩上。

5月28日，也就是开庭的头天下午，我在提款机取钱时发现那笔汇款到了。立即赶到银行买下一张现金支票，再冲到邮局，用快递寄出。邮局的人保证第二天中午以前可以收到。柜台后的亚裔小伙子，扫了一眼这只有信箱和宿舍编号的地址，疑惑地抬头问："你肯定他能签名吗？否则快递会退回。"他们见多识广。于是我签名，作了收信人不必签名的选择。

回家于泳又浮出水面，我告诉他这个好消息。

第二天下午，他来电话沮丧地说，支票还没收到。同牢房的中国人走了，他不会英文，跟狱卒扯不清。急中生智，他让我等一下，他试着去找个狱卒来接电话。过了好久，一个浓重的俄国口音出现在电话线另一端。我直纳闷，这美国监狱莫非被俄国人接管了？我向他保证，支票肯定到了，请他马上去查查，快点儿释放于泳。他告诉我，他无法照办。我火了，你们到底谁管？再换回于泳，他解释说，没找到狱卒，只好请同牢的俄国人来听电话。这都哪儿和哪儿。我从俄国人那儿得知，赎金不是四千，而是两千五。"嘿，太棒了，现在有钱比啥都强。"他兴奋极了,转而问我:"你刚才看了 NBA 的决赛了吗?人家芝加哥公牛队还是厉害……"

这张支票一个星期后才落到于泳手里。我不能去告邮局,他们递进去的是另一个世界;更不能告监狱,因为我根本不认识于泳,那样会作为蛇头的嫌疑折进去,正好和他调换位置。这期间,于泳经常向我传达他的焦虑和愤怒,我在表示同情之余,也为这个月的电话账单担忧。

又过了十天,于泳终于获得了自由。他在西雅图的唐人街用电话卡给我打电话。兜里揣着两千美元,说话有了底气。"咱哥儿俩有缘分,将来得好好在一起唠唠。"我问起他今后的打算,他说开庭推到两天以后,办政治避难至少先合法地留下。以后呢?不行再回加拿大。"签证过期没关系,"他的口气中有股久经沙场的味道,"边境上不是没什么人管吗?"

辑三

# 乌　鸦

## 一

我住的小城名叫戴维斯。它实在没什么特点，看看这儿的明信片就够了：难看的水塔，大群的牛羊，农贸市场，要不就是城市的标志——老式自行车，前轮大后轮小，达·芬奇设计的那种，它用铁管焊成，戳在城市的主干道第五街上。要说特点也有，乌鸦多。

在美国，人们一般不看天空。上班埋头苦干，开车跑步逛商店，视线都是水平方向，有个把漂亮女郎经过，也绝不会像夏卡尔（Marc Chagall）画中的那样升起。赶上刮风下雨，看天气预报，打伞出门。乌鸦叫声特别。开车的听不见，跑步的戴着耳机，拒绝接收自然频道。于是乌鸦拉屎，用墨绿灰白的排泄物轮番轰炸，人们终于注意到它们的存在。冬天的树上，骤然飞起，呼啦啦一片，遮天盖地，如地狱景象。我进城提心吊胆，尽量不把车停树下，还是免不了遭殃。若糊住挡风玻璃，用雨刷刮，视线更模糊。乌鸦粪腐蚀性极强，不及时冲洗，会留下永久痕迹。

据说市政厅规定，杀一只乌鸦，罚五百美元。谁没事撑的，想吃乌鸦炸酱面？

小城有小城的思路。铺开地图，当我们和乌鸦处于同一视角，即可看清。普塔溪（Putah Creek）代表历史，从城南流过；两条铁路交叉处构成等边三角，如文明的困境。市中心经纬分明，以字母ABCDE和数字12345交叉，像学龄前教育——识字和数数。随岁月向外延伸，思路趋于复杂。美国总统、印第安部落和树木加入街名。还有戴维斯最早的居民，他们纵横躺下，变成街道。查尔斯侧卧在铁路和八十号高速公路旁，不得安宁。

奇利斯（Joseph Ballinger Chiles）上校为什么决定迁移到加州来？对我来说还是个谜。也许这是天性，有人像家雀儿，不愿意挪窝；有人像候鸟，永远在路上。自1841年到1854年，在老家密苏里（Missouri）和加州的萨克拉门托（Sacramento）河谷之间，上校七次横跨大陆。这么折腾，胃准有毛病。他极瘦，鹰眼钩鼻，像林肯总统。他的祖先沃尔特·奇利斯（Walter Chiles）也是只候鸟，1638年驾多桅帆船从英格兰来到弗吉尼亚（Virginia）。

这些天阴雨连绵，普塔溪一定涨得满满的。

我很少出门，隔日去趟健身房，顺便借两盘录像带。我在研究我们小城的历史。起先很枯燥：年代、数字、面积、事件、生死，一旦深入进去，景致发生变化，人物由静到动，好像被冻僵了，在阳光下慢慢复苏。我和他们熟络起来，并建立了一种复杂的感情。久而久之，要想区别事实和想象反倒很困难。我不得不在与想象有关的部分加上括号，以正视听。

所谓德雷克（Sir Francis Drake）爵士1579年首次发现加州的说法，现在听起来有些可笑。最新考证表明，早在公元458年，晋代高僧法显已在西雅图附近上岸，比哥伦布发现美洲早了一千年。另据徐松石教授的说法，印第安人的祖先，大部分来自中国。四五千年前由于黄河发大水，他们从中原出发，经西伯利亚、白令海峡、千岛群岛（Kurile Islands）、阿留申群岛（Aleutian Islands），进入北美大陆。这个说法也值得怀疑，印第安人的纯朴和中国人的精明成鲜明对比，莫非是在另一块

乌鸦　121

大陆走出汉字的格局？不管谁是谁的祖先，直至十九世纪三十年代，印第安人逐水草而居。帕特温（Patwin）部落就驻扎在普塔溪两岸。

若历史学家是法官，那么乌鸦就是人类迁徙的目击者。但再怎么过堂，也还是问不出来的。

从1840年起，东部人开始向西迁移。那有点儿像现在的旅行团，三五十人，有人领队。奇利斯上校加入最早的移民行列。那时候旅行惨了点儿，乘马车，没道，颠簸不说，一上山只能弃车保卒。从密苏里出发，两千英里的路走了半年。

（没有人给上校写信。他长相凶，别人都有点儿怕他。1841年秋天，在路上跋涉了五个月，他们在险峻的内华达山脊［Sierra Nevda］上过夜。他想念孩子们，特别是最小的女儿玛丽［Mary］，她只有六岁。妻子在玛丽出生后不久病故，抛下了四个孩子，上校决定不再另娶。出发时他把孩子托付给亲戚。夜降临，他回帐篷，睡下。一夜风声。）

一个人变成一座城市，这事有点儿不可思议，我说的还不光是命名。

（J．C．戴维斯西行，是被地形考察队招募去的。要说钱不少,又开眼界。上路时,心情平静,没什么可留恋的。他在俄亥俄州[Ohio]的农场长大,厌倦了那里的冬天和地平线。身为长子,他很早"下海",做买卖、开旅店。中西部的气氛保守,直到二十三岁他完全没有恋爱经验。他口讷、实干,对生活不存奢望。关于加州,有很多说法,比如遍地是黄金,他怀疑。)

戴维斯于1845年底来到萨克拉门托河谷,在普塔溪边定居。第二年秋天他服了两个月兵役。这一点,官方文件和家族记载有冲突。家人认为他从军的时间长得多,看来当兵光荣。那时候地便宜,1.25美元一公顷,不到现在一盒烟钱。父子俩购置了两万公顷地,其中带围栏的占七千多公顷,有两千头牛、两百匹骡马、六百只羊和一百五十口猪,于1858年被评为加州最好的农场。

(乌鸦开始落在他们家树上。)

## 二

我感到烦躁。

我到B街的商会兼游客中心。铃铛一响,一位小姐迎出。我说明意图,她指着花花绿绿的架子,让我随便挑选。都是垃圾。再问。"问得好,"她打开电脑查找,很快,摇摇头说,"对不起,我们没有本市的历史资料。"我回声般作了删节:"没有历史。"

1868年8月24日,对戴维斯是个转折点:加州南太平洋铁路公司的火车在这里通车。最初在图纸上,铁路从戴维斯农场西边四英里处擦过。终成人间正道,除了父子俩施加的影响,恐怕主要还是出于地势上的考虑,避开洼地。历史有时是由空间决定的,否则戴维斯只是人,而不会变为城市。

(J.C.戴维斯请客,上等的纳帕葡萄酒和烤鹿肉。三位铁路公司的客人中,有个留小胡子的最讨厌,带纽约口音,不停地说下流笑话。戴维斯知道,他是决策人。小胡子喝得烂醉如泥。临走,戴维斯往他口袋里塞了个信封,其中数目他从未告诉任何人。)

我开车去加州首府萨克拉门托老城的火车博物馆。那些擦得锃亮的蒸汽火车头——现代古董,吸引着参观者的注意力。在背景的雕塑群中,三两个留长辫的华人在山上搬运石头。但所有文字说明都没有提及,华人是当年修铁路的主要劳力,历史学家在度假,多少悲欢离合,乌鸦看到了,不说。

铁路给戴维斯带来迅速的繁荣，当年有人作如下描述："小镇整齐，五百余人。橄榄街是主街，建得较密，木结构，多为一层。小镇有木料场，车铺铁匠铺，商店发廊，三家旅社，一个饭馆，还有马棚鞍具店和几处小市。教堂正在建造中，本季度竣工。"

1869年10月2日，小镇因J．C．戴维斯得名。

到十九世纪七十年代中期，在加州，粮食代替了黄金，成为资本积累的主要来源。像戴维斯农场这么大块地，谁在上面干活？最初的劳力是印第安人，逐渐被华人取代。铁路修成了，赶上下岗，工转农，正好。到十九世纪八十年代，有三万华人在萨克拉门托和圣华金河谷（San Joaquin Valley）当苦力，占加州农业人口的百分之八十七点五。

（J．C．戴维斯学会了几句中文"你好""吃饭""干活"，还有中式英文"long time no see ——好久不见"，甚至会用中文点菜"炒碎"。）

我注意到语言交换的结果。在周末的农贸市场上，常见到在青纱帐潜伏了好几代的华人来卖菜，除了不会说中文，他们跟北京街头的乡下小贩没什么两样。

J．C．戴维斯开了全县第一家奶酪厂，又和奇利斯上校等人在河上建起缆绳摆渡，如日中天。

他付给船夫托马斯十六美元的夜班费，搭船从萨克拉门托过美国河（American River）到北岸的奇利斯上校家，这笔开销传出去，令人咋舌。去干吗？上校有三个女儿，戴维斯是众多的追求者之一。

（戴维斯头一次在上校家见到小女儿玛丽，她还是个孩子。没几年工夫，让人另眼相看。上校对女儿们管束极严，他很少有机会跟玛丽说话。在上校家的一次舞会上，他请玛丽跳舞。他多喝了几杯，动作笨拙，逗得玛丽直笑。他们溜到后花园。玛丽的笑声引起了奇利斯上校的注意。他对戴维斯的印象不错，话不多，精明强干。他派人调查过，仅摆渡一项，每月收入近万元。）

戴维斯于1850年和玛丽结婚。据1850年人口普查上记载，戴维斯二十七岁，来自俄亥俄州，奶酪制造商；玛丽，十五岁，密苏里人。

其实乌鸦和人有一种共生关系，它们热爱人类，循其足迹，蹭吃蹭喝。有人类的弱点，怕孤独，呼啸成群。它们肯定有自己的社会结构，只不过人对此没有耐心罢了：天下乌鸦一般黑。

从统计表来看，本市人口，1891年七百，1917年近千,1940年一千六,1950年突变到九千,现在翻了几倍,约五万。继铁路出现后,1906年开办农业学校,又转成加州大学的分校,这是人口急剧增长的原因。

我贪杯,在黑暗中,像吞吃了烂果子的乌鸦,摇摇晃晃。我们的主角被遗忘了。我敢说,本市居民,很少有人知道他——J.C.戴维斯,他的一生,他的悲欢离合。

(他永远忘不了那一天。阳光闪耀在普塔溪上,风车转动。)

J.C.戴维斯和玛丽的独生女,三岁的阿梅莉亚(Amelia),和父亲在磨坊玩耍时,摔成重伤,不治。心碎的父亲发疯似的拆掉磨坊。玛丽告诉别人:"孩子死后,我们做父母的再也没有成功感了。"

连年的干旱和病虫害,加上内战后的高税收,农场开始走下坡路,J.C.戴维斯把地陆续卖掉,搬到萨克拉门托。他晚年担任公职,官拜街道专员(相当于我们的街道居委会主任)。他死于1881年10月5日。

我得承认,到目前为止,研究进行得不顺利。原因很多,比如缺乏史料,我英文不好。更主要的是,死者拒绝敞开内心。我的嗓音有点儿异样,带有乌鸦叫声中的烦躁。我自以为可以获得乌鸦的高度,那完全是一种错觉。

# 猫的故事

十几年前我们在北京的大杂院养过只猫，叫黄风。它总是居高临下，从房顶俯视我们人类卑微的生活，总是骄傲地竖着尾巴，像一根旗杆。记得那天我从办公室用书包把它带回家，洗完澡，它一头钻进衣柜底下，最后终于探出头来，我们不禁打了个冷战：一个世界上最小号的鬼。黄风祖籍不可考，必是野猫无疑。它从不恋家，吃完饭掉头就走，不饿绝不回来。我们住的说是五进院，其实早被自盖的板房挤压成胡同，而我家的小厨房恰好盖在那胡同的顶头。夏天做晚饭时，只见黄风竖着比它高数倍的尾巴大摇大摆地回来，检阅着分列两边半裸着乘凉的人们，那些摇动的蒲扇让人想起古代的仪仗队。最终黄风和它的情人私奔了，翻越海浪般的屋脊，弃我们而去。

没过几年，我弃北京而去。当我和我女儿田田穿过离别六年的愁云惨雾，从巴黎街头走来，讨论着养狗的未来。这未来有其现实的一面：我终于结束了丧家犬的动荡生涯。田田对巴黎的狗品头论足，都不甚满意。最后在一家美容店门口碰见条比巴掌稍大些的哈巴狗，系着粉色蝴蝶结，让田田看中了。那狗边叫边打喷嚏，愤怒得像个摇头风扇。田田忍不住上去抚摸，竟被它咬了一口。

我带田田从巴黎到美国，她妈妈也从新加坡赶来，我们在北加州的小城戴维斯团圆，安家落户。狗仍是田田的主要话题。我带她去宠物商店，查阅报纸，向朋友们打听。待我从英国出差回来，田田挡在门口，再让开，竟是两只刚出生的小猫。宠物商店的一张领养广告像命运，把这两只小猫带到这来。从狗跳跃到猫，大概就像从猿进化成人，总有某些连上帝也无法解释的疑点。这是孩子的特权，谁也跟不上他们的思路。

这两只小猫虽是兄妹，却毫无共同之处。哥哥奇相，全身浅褐色，但小脸和四肢焦黑，好像到墨池里偷喝过墨汁。妹妹则是只普通的带黑色条纹的灰猫。我和田田给它们起名字，绞尽脑汁。最后把田田常挂在嘴边的动画片《狮子王》里的咒语"哈库那玛塔塔"(Hakunamatata)拆开并简化：哈库和玛塔。

哈库生性敦厚，富于冒险精神。它对人很傲慢，爱搭不理，穷极无聊时也会蹿到你身上，纯属好奇，看看你怎么吃饭、写作或与人交谈。玛塔胆小、警觉，见人喜欢撒娇打滚，但随时准备逃窜。它的尾端有个弯钩，大概出生不久被门夹伤过，这不愉快的童年经验将伴其一生，可没有一个心理医生能跟它说清楚门是怎么回事。

有了猫，我们租的单元永远门窗紧闭。哈库和玛塔天天闯祸，在床下拉屎撒尿，掀翻纸篓，在新买的意大利皮沙发上磨爪，防不胜防。我只好充当警察，关门打猫，没有证人，总不至于被防止虐待动物组织告到法庭。每当我狂怒地向猫扑去，田田总是拦着我，又哭又喊，让猫儿们及时逃脱。有时转念一想，猫若大一百倍就是虎，田田得反过来，得为我求情。

不久我们买了房子，哈库和玛塔获得解放。我们请人在大门上装了个小门，为猫。它们对自由的试探最初是谨慎的，转而变成狂喜。我们院子后面是一片开满野花的旷野，金灿灿的。哈库和玛塔在其中跳跃，像犁开处女地的最初的沟垄。

自由当然也有代价。朋友说猫在户外一定要打防疫针。动物医院就在附近。哈库和玛塔对医院的味道天生反感，再加上狗叫，让它们战栗、哀号。回到家，它们的目光充满更多的敬畏和焦虑。几个月后又做了去势手术，这更加痛苦的记忆，让它们悄悄绕着我走。我像独裁者一样孤独。

起初，哈库对外部世界充满好奇，常常失踪。幸好在它的脖子上挂着铜牌，写明通讯处。电话往往在我们绝望时响起，原来哈库走累了饿了，乞讨到别人的门下。哈库的路线越走越远，如果不是有一天被狗咬伤，它大概会像黄风一样消失。那天早上是田田发现的，它前腿上的皮毛被撕去一大块，露出渗着血珠的白肉。哈库一声不吭，舔着伤口，并领悟了那只狗传达的信息：我们的世界是凶险的，哈库从此不再远行。有时跟我们散步，只要闻出异己的味道，撒腿就跑。

去势后，哈库和玛塔更加百无聊赖，除了每日三餐，整天昏睡不醒。我忙得四脚朝天，有时会突然对猫的生活充满嫉妒，恶意地把它们弄醒。它们眯起眼，似乎看清我的意图，翻个身，又呼呼睡去。若把它们和黄风相比，大概还是黄风更幸福些。北京胡同独特的地形、居住密度和风土人情都给猫带来无穷的乐趣。吃的也没有人造猫食这么单调。我们当年总是专门给黄风买小鱼，精工细作。而哈库和玛塔对鱼最多闻闻，然后转身走开……

它们的味觉已经退化。更重要的是它们完全被剥夺了谈情说爱的权利。北京的猫大多不去势，夜半时分，叫春的声音此起彼伏。再有当年北京不许养狗，猫的世界安全得多。

不过哈库和玛塔也会找乐，它们常常叼回蛐蛐、蜻蜓、小鸟甚至老鼠，作为战利品向我们邀功。它们的叫声变得很奇怪。这残酷的游戏，得由我们来收拾残局。一天早上，我发现地毯上有只雏鸟，嗷嗷待哺。田田把它装在铺着毛巾的小盒里。鸟妈妈就站在后院的电线上像高音C凄厉地叫着。田田举起小盒，对鸟妈妈说："你的孩子在这儿呢。"我们找不到鸟窝，却又发现另一只受伤的雏鸟，身上有猫的齿痕。我们决定试着养活它们。它们的模样真可怜：翅膀秃秃的，尾巴上有几根毛，长腿蜷缩，眼睛紧闭，但稍有动静，大嘴就像朵黄花盛开。田田惊叹道："真丑啊，丑得太可爱了！"我们挖来蚯蚓，居然被吞了进去。看来确实有一线希望。田田的卧室成了病房,紧关着门,怕猫来骚扰。晚上,一只鸟呼吸急促,田田哭了。第二天两只鸟都死了。我们举行了葬礼,把它们埋在一棵小葡萄树下。那几天没人搭理哈库和玛塔。

我从窗口看见哈库趴在后院的板墙上,向远处眺望。拖拉机平整着土地,突突的烟雾消散在空中。市政厅在修建公园。而公园必招来更多的人遛狗,那些大大小小的狗将一起转过头来狂吠,进入哈库的噩梦。

# 家长会

我女儿上六年级,我却从没有开过家长会,这证明我这个父亲实在不怎么样。上个学期的家长会,我没留神时间后边注明的上午,夜里十点半摸进学校,像个贼,最后迷了路,撞上一位老师,才知道我整整晚了十二个小时。这回在女儿的督促下,我刮了胡子,换上刚买的西服,煞有介事地开车去学校。

我女儿田田,十二岁,一年前和她妈妈来美国和我团聚。我离开田田时,她四岁。我还记得田田四岁生日的那天晚上,她请来几位邻居的孩子,吃完生日蛋糕,跳起迪斯科。我接到一家报纸的电话,问起我对一些事的感想。我回头看了看田田,在震耳欲聋的音乐声中说了句:"为了下一代,但愿我的女儿能在一个自由与和平的环境中生活。"

田田所在的小学叫Patwin，据说是个印第安部落的名字。几乎每天都有花花绿绿的文件和表格，通过我女儿的手从那儿传来，我一一填好，签了字（可惜不能圈阅），再传回去。内容诸如："你是否能义务来图书馆工作？""你是否能为我们的郊游开车，还差两位司机！""请参加学校的家庭晚餐，成人五美元，儿童三点五美元。"我一律填"不"。

1989年秋天，我在世界上漂泊了半年，有一次从哥本哈根的旅馆打电话回家，正巧是田田接的。她头一句话就问："爸爸，你在哪儿？你为什么不回家？"我流着泪，无言以对。"你为什么不回家？爸爸。"她追问着。我能说什么？田田五岁生日，我给她写了首诗，算作回答。

> 你的名字是两扇窗户
> 一扇开向没有指针的太阳
> 一扇开向你的父亲
> 他变成了逃亡的刺猬
> 带上几个费解的字
> 一只最红的苹果

离开了你的画

五岁的天空是多么辽阔

田田自幼喜欢画画。我的这首诗其实来自她画的一张贺年卡。其中有身上扎着红苹果的刺猬，有太阳和房子（我们的家），还有她的幼稚的签名：田田，像两扇窗户。她来美国，凡是和语言无关的课总是领先，特别是美术。她还从国内带来了先进的数学，运算之快让美国同学眼睛发亮。在美国五年级功课还不多，但六年级阵势大变。开学通知就吓了我一跳：要读好几部长篇小说。我的英文在阅读上勉强达到五年级水平，所以每天得靠字典和耐心才能帮得上六年级的女儿读小说。

吸取教训，我这回到得早，田田的老师斯图宾(Stubbing)先生正在课桌上发文件。他五十多岁，个头不高，胡子雪白，看起来相当自信。文件的头一页是首诗，作者匿名，我猜就是这位斯图宾先生。诗中说，老师和家长像两位雕塑家，用书、音乐和艺术把孩子塑造成才。

田田从四岁长到十岁，没有爸爸，至少那是个相当抽象或不确定的概念。这六年中，我见过田田三次，一次在丹麦，两次在巴黎，加起来六个月。比起许多漂泊者来，算是幸运的了。1991年秋天，我父母带田田第一次到丹麦来看我。两年半没见，她起初对我很陌生，甚至不愿我碰她的手，敏感得像个受伤的小动物。三天后我才又成为父亲。有一次，她突然又问我："你为什么不能回国？"对一个六岁的孩子说清这事并不容易。"警察不喜欢我。""为什么？""因为，因为政治问题。""什么是政治？"我一下子卡住了。两年后，田田随姥姥到巴黎看我，她再次回到这个问题上。我小心翼翼地挑选着词句，她还是不懂。在孩子眼里，能阻挡父亲回家的力量是不存在的。

家长们陆续进了教室，我才发现我是所有父亲们中唯一穿西服的。大概是这个以教育程度高而闻名的小城，让我这个中学没毕业的外国人保留着谦卑的美德。讲台上挂着美国国旗。田田告诉我，他们每天早上要把右手放在胸前向国旗宣誓，她因为语言障碍，只好滥竽充数。我猜无非说的是"上帝保佑美国"之类，典型的美国式的爱国主义教育。黑板上方的标语是："谁最棒？我们！"比这小一号的标语是："自尊、条理、信任、负责"。我想起我们学生时代的标语："团结、紧张、严肃、活泼"。我走神时，斯图宾先生正陈述他的教学理想，最后谈到读书计划，着实让我出了身冷汗。

能每天和孩子在一起，跟她聊天，帮她做功课，甚至让你生气，是一种幸福，我这个父亲是通过所有的离别才懂得这一点的。特别是头一次，在斯德哥尔摩。我从丹麦去开会，我父母、田田跟我一起，在那儿告别。就在去机场前一个小时，我带田田到湖边喂天鹅，这是她最喜欢干的事。北欧已是冬天，但那天不冷，阳光在湖面闪烁。田田把面包撕碎，抛进水里。几十只天鹅围过来争抢。其实天鹅并不温顺，它们伸长脖子，发出威胁的嘶嘶声。其中一只黑天鹅，显得格外凶狠。我抽着烟，环视着四周。苍天在上，一个流亡者和他不懂政治的正要离去的女儿，还有贪婪的天鹅和附近停泊的豪华游艇，这谁也不会在意的画面难道没有一种残酷的意味吗？

斯图宾先生领着大家去礼堂放幻灯。两个星期后，所有六年级的学生，都要到六十英里以外的山林里过五天集体生活，称之为"秘密公园的环境教育"。这在我们那个年代叫"学农"。从幻灯来看，孩子们过得挺快活。四人一屋，有餐厅、气象站、天文台、健身房、科学实验室、艺术中心。老师每天带孩子们爬山过河，识别植物，观察动物。有个项目挺有意思，叫"幸存"。假设发生天灾人祸，每两个同学，一男一女，要想办法就地取材，搭成小屋。这让人想起关于人类起源的西方神话原型——亚当和夏娃。

灯亮了，正在演讲的斯图宾先生突然大叫一声："哦，我的美人！"便朝一位发胖的中年女人扑去，紧紧拥抱。大家一惊。他转身笑着介绍："这是我三十年前的学生，现在我正教她的女儿！"

# 女 儿

田田今天十三岁了。准确地算,生日应在昨天,这儿和北京有十六个小时时差。昨天晚上我做了意大利面条,给她斟了一小杯红酒。"真酸,"她呷了一口,突然问,"我现在已经出生了吗?"我看看表,十三年前这会儿,她刚生下来,护士抱来让我看,隔玻璃窗。她头发稀少,脸通红,吐着泡沫。

十三岁意味深远:青少年,看PG13的电影,独自外出,随时会堕入情网。让父母最头疼的,是第二次反抗期的开始。心理学家认为,第一次反抗期在三岁左右——行动上独立,第二次在十四五岁左右——思想意识上独立。

我还没做好足够的心理准备,变化已有迹可寻:她开始注意穿戴，打耳洞，涂指甲，留披肩发，和全美国的女孩子们一起，迷上电影《泰坦尼克号》(*Titanic*)的男主角。她们个个会唱主题歌。为了顺应潮流，避免沉船，我给她买来《泰坦尼克号》的音乐磁带。

在音乐上的对立早就开始了。平时还行，关门各听各的。去年圣诞节开车去拉斯维加斯，她的范晓萱嗲声嗲气，磁带像丢了转，何止影响驾驶，简直让我发疯。倘若有一天警察用范晓萱的歌过堂，我立马招供。换上我的革命歌曲，她堵着耳朵，大喊大叫。一代人一代歌，不可能沟通。音乐是植根于人的生理本能的，我一听《春节序曲》，嘴里就有股烂白薯味。1958年冬天志愿军从朝鲜回来。堆在我们家阳台上的白薯正发霉。这两件本来不相干的事让《春节序曲》给连起来了：当我坐板凳上啃白薯，电台播个不停。

中国人在西方，最要命的是孤独，那深刻的孤独。人家自打生下来就懂，咱中国人得学，这一课还没法教，得靠自己体会。

上无老人，下无弟妹，父母够不着，在中年云雾里忙碌。怎么办？放了学，田田旋风般冲进来，自己弄点儿吃的，就地卧倒，开电视，看脱口秀（talk show）。那是媒体用大量废话,变成笑料,填充人与人之间沉默的深渊。威尔·史密斯(Will Smith),那个电视上快乐的黑人小伙儿,眼见着成了我们家一员。田田一边做功课,一边跟着他咯咯地乐。

她最爱看的还是《我爱我家》。这个一百二十集的电视连续剧,她至少看了几十遍,几乎都能背下来。这是她在寻根,寻找北京话耍贫嘴的快感,寻找那个地理上的家,寻找美国经验以前人与人的亲密、纠葛与缠斗。

去年田田暑假回北京,那个地理上的家。回来我问她,若能选择,你想住在哪儿?

她闪烁其词,我知道我问了个愚蠢的问题。在国外住久了,你爱哪个家?这恐怕连大人也答不上来,你只能徘徊在那些可能被标明为家的地点之间。

我带田田去宠物商店,让她选个生日礼物。她转来转去,竟看中了只小耗子。我坚决反对,理由一:她妈妈最怕耗子;理由二:耗子最怕猫,我们家有恶猫两只,隔着笼子,也会吓出心脏病。给耗子做心脏手术,我们负担不起。

三个星期前,她妈妈回北京办画展,我跟田田在家。我们的时间表不同:她出门早,我还没起床;她放了学,我刚睡醒午觉；她开电视，我去健身房；她做功课，我上夜校；回到家，她该上床了。田田开始抱怨，抱怨我睡懒觉、贪玩、在家时间少、电话多。

我跟田田分开了六年，从她四岁到十岁。我满世界漂流时，暗自琢磨，恐怕只有田田这个锚，才能让我停下来。有一天，住在英格兰的朋友告诉我，他们乡下有幢老房子正出售，便宜得难以置信。他还找来照片：歪斜的石头房子和开阔的田野。这成了我的梦，我愿客死他乡，与世无争，只求做麦田里的守望者，把田田带大。

昨夜惊醒，田田站在我床前，用手蒙着眼睛，嘟嘟囔囔。她做了噩梦，梦见吸血鬼。我不知道她是否梦见过那幢石头房子。她告诉我，她总是在梦里飞翔，自由自在。看来事与愿违，她想远走高飞，留下无边的麦田和影子西斜的老父亲。

田田上初一，功课多，我得帮她做功课。我对数学一窍不通，只能磕磕绊绊带她穿过历史。历史课本相当生动，我也跟着上课。最近我们一起进入中世纪的黑暗：黑死病消灭了欧洲人口近三分之一；《圣经》译成英文前，仅少数懂拉丁文的牧师掌握解释权，这是导致教会腐败的原因之一。

一天她告诉我,历史老师宣布:考试成绩前五名的同学每人缴五块钱,分数可再提高。其余同学都傻了,继而怒火中烧。田田考砸了,也加入抗议的行列。我跟着拍案而起:造反有理!我们全都上了当。原来这与历史课本有互文关系。在马丁·路德的宗教改革以前,富人只要捐钱给教会,杀人放火,照样可赦免上天堂。老师略施小计,让学生外带个跟班的家长体会一下当时穷人的愤怒。

田田胸无大志。问她今后想干什么?她懒洋洋地说,找份轻松的工作就行。这好,我们那代人就被伟大志向弄疯了,扭曲变态,无平常心,有暴力倾向,别说救国救民,自救都谈不上。人总自以为经历的风暴是唯一的,且自诩为风暴,想把下一代也吹得东摇西晃。这成了我们的文化传统。比如,忆苦思甜,这自幼让我们痛恨的故事,现在又轮到我们讲了。田田还好,走开。我朋友一开讲,他儿子用英文惊呼:Oh, my God!(我的天哪!)

下一代怎么活法?这是他们自己要回答的问题。

那天,午觉醒来,大雨撼动屋顶。看表,3点10分,田田正要下课。开车到学校,找不到停车位,开紧急灯,打伞冲进去。学生们正向外涌,一把把伞迎风张开。我到处找田田那件红绒衣。男孩子五大三粗,女孩子叽叽喳喳。我逆流而行。很快,人去楼空。我转身,雨停,天空变得明朗。

# 夏　天

醒来,远处公路上的汽车像划不着的火柴,在夜的边缘不断擦过。鸟啼咕,若有若无,破晓时变得响亮。白天,大概由于空旷,声音含混而盲目,如同阳光的浊流。邻居的风铃,时而响起。今年夏天,我独自留在家中,重新体验前些年漂泊的孤独。一个学习孤独的人先得有双敏锐的耳朵。

大学生们都回家了,小城空空荡荡。这是一年中难得的时光。酷暑只虚晃一枪就过去了。无雨。刚写完这一行,天转阴,下雨了。这是入夏头一场雨。

我每隔一天去锻炼身体,三年来,这已成了我生活的一部分。健身俱乐部在城东,我住城西,城小,开车不过十分钟。这家俱乐部设备齐全,一周七天每天二十四小时开门。不一会儿工夫，我已大汗淋漓，环顾天花板上巨大的通风管道、四周的落地玻璃镜和锃光瓦亮的健身器械，还有那些在重力挤压下纵横移动的少男少女。看来人的精力总得有个去处，特别是在二十郎当上，否则革命、暴动或犯罪是不可避免的。

我回到杠铃前，又加了十磅，连举几下。有人跟我搭话，是个高大结实的白人小伙子，他自我介绍，叫乔（Joe）。而我的名字太难，在他的舌尖上滚了几下，滑落。"你练了几年了？"他问。"三年。""从多少磅开始的？""一百。"我注意到他胸前的牌子：私人教练。"你现在只举到一百三十。"他摇摇头。"你想不想块头大点儿？""当然。""你闭上眼，"他作了个催眠的手势，"想象自己会有多壮。"我迟疑了一下，闭眼，想象变成他那样。

我刚睁眼，他又说："再闭上，把你想象得更壮些。"这回闭眼，我把自己吹得更鼓些，有点儿变形，像健美画报上的明星。"好了，你准能成为想象的那样。"他拍拍我的肩膀。"在这儿，我是最棒的，可以给你提供免费的训练。"

我有一张不太严格的时间表。早饭后，读一小时的英文杂志，然后开始写作，到中午。午饭很随便，用冰箱里的剩菜煮碗面条，就着啤酒以及当天的报纸邮件一起顺下去。这样会导致消化不良，尤其是报纸上的那些坏消息。于是午睡。这在美国，是生活在"体制"外的人的特权。下午或去健身房，或读读英文小说。我正读的这本叫《坏的爱情》。那的确很坏，和爱情无关，讲的都是犯罪心理。带着这种犯罪心理做的晚饭，别有滋味。天黑前，得花点儿工夫在院子里，剪枝、浇水、拔草。玫瑰今年开得发疯，那似乎是一种抱怨，被忽视的抱怨。我小心绕开蛐蛐和蜗牛，别踩着它们。小时候令我癫狂的蛐蛐，如今横在路上，赶都赶不走。晚上最轻松，我几乎每天去租盘录像带，这是美国生活必不可少的部分。辛苦一天的美国人，只有经过充满惊吓、诱惑、欺骗、折磨的地狱之行才能入睡。晚安，美国。

我按约定时间，在俱乐部转了一圈，不见乔的踪影。他迟到了半个小时，气喘吁吁地向我解释："堵车，你知道，可怕，总是这样……"没关系，再约时间，第二次我迟到了二十分钟，气喘吁吁地向他解释："上学，你知道，没辙，得通过英文考试……"好，现在开始。先做准备活动，再赶鸭子上架。举重从一百二十磅开始，最后加到一百八十磅。我像个柠檬被彻底榨干。不停地喝水，无济于事。乔用尽英文中最美好的词来鼓励我，让我受宠若惊。同时也警告我："我最恨别人说我做不了。"在最艰难的时刻，我咬紧牙关，也没敢说出这句听起来挺有人情味的话。最后他握着我的手，说："你行，看见没有？你举的超过了你体重的三十磅。"

他把我带到用隔板隔开的办公桌前，问我对训练有何感想。我也用尽了英文中最美好的词。他点点头，拿出一张训练计划，问我是否愿意继续下去。我说当然没问题即使赴汤蹈火……

我突然刹住，这玩意儿别又得掏腰包吧？他翻过训练计划，背后果然是价目表。我傻了眼，想撤，已经太晚了。他申明大义，晓以利害；我鼠肚鸡肠，斤斤计较——最后达成妥协，他慷慨大方，在原定六次的训练计划上再加两次，这两次是免费的；我财迷转向，攥着一张三百三十美元的收据出了门，半天才找到汽车。

天空是一本书，让人百读不厌。我喜欢坐在后院，看暮色降临时天空的变化。我想起那年夏天在斯德哥尔摩，在一个老画家和他学汉语的女儿家做客。傍晚，他们突然把我领到窗前。天空吸收着水分，越来越蓝，蓝得醉人,那是画家调不出来的颜色。为捕捉这颜色,十九世纪末在瑞典形成了著名的画派"北欧之光"。老画家很得意,似乎给我看的是他最伟大的作品。人们经历漫长的黑暗与冰雪,对夏天有一种真正的狂喜。这狂喜让我感动,我拉开住处几乎一年没拉开的窗帘,面对那转瞬即逝的夏天。

"准备好了吗?"乔今天显得特别高兴,不停跟我握手,好像我是他的选民。他告诉我,周末他的女朋友从洛杉矶过来。他们去 Subway 吃晚饭,又看了史泰龙(Stallone)的新片子《警察帝国》(*Copland*)。我告诉他,我去看了《空军一号》(*Air Force One*)。看来我们都是好莱坞动作片的爱好者,也许正是为了这,我们才走到一起来的。他再次跟我握手。

他说话开始出现漏洞,小小的,无伤大雅。比如,他告诉我他家住在附近,交通工具只有自行车,和上回堵车的托词有矛盾。不过总的来说,乔是个挺纯朴的美国小伙子,笑起来像这儿的夏天,毫无遮拦。他是加州大学戴维斯分校三年级的学生,主修生物化学。靠打工养活自己。按他的说法:"像我这样的白人,年轻、健康、聪明,谁会给你奖学金?"除了在这儿当教练,他还在酒吧弹钢琴。他妈的,中学老师不是说他考不上好大学吗?他掰着手指头数给我听,哪些名牌大学同时录取了他。"我最恨别人说我不行。"他接着承认,他一下好过了头,几乎无所不行。体育就甭提了,他有自己的爵士乐队,萨克斯管、双簧管、钢琴,样样精通。他天生有种过目不忘的本事,甚至通读过百科全书。对了,他还会德文,他的"选民"中就有一位德国姑娘,他准是用德文中最美好的词鼓励她。

从镜子我看到卡在器械中的我,龇牙咧嘴,头发被汗水浸透,贴在前额。我的教练正声嘶力竭,让我做最后一个我根本不可能完成的动作。镜子一角是被俱乐部茶色玻璃过滤的天空,夏天正在那里消失。

# 纽约一日

早上5点,我被直升飞机吵醒。它飞得很低,擦窗而过。我想起电影《猎鹿人》(*The Deer Hunter*)的片头,噩梦中直升飞机的螺旋桨转换成头顶的风扇。驾驶员怎么能在早上5点保持清醒,穿过摩天大楼中变形的黎明?直升飞机刚消失,警车又响起。先是一辆,紧接着第二、第三辆,好像独奏在召唤乐队。这音乐往往配在动作片的结尾处,警车呼啸,字幕升起。一声叹息,我起身,是狗飞飞,趴在我脚下。在二十七层的钢筋混凝土空间,一只狗的叹息意味着什么?

我拉开窗帘。早安,纽约。

女主人咪咪正准备早餐。她和我同岁。离婚寡居,两个儿子在读大学,像撒出去的鹰,偶尔回来落落脚。咪咪在联合国工作，认识好几年，我都没弄清她打哪儿来的。总不至于生在联合国吧？后来知道了，香港。只有那地方才能出语言天才。父母湖北人，母语便是湖北话，再就是广东话、普通话，"一捏捏"上海话。她在联合国做了多年的同声传译，除了英语、法语，还会西班牙语、俄语、意大利语。想想都让我发疯，我学了二十年英语，到现在只相当于高小程度。

她的另一位客人也起来了。迪马，莫斯科人，联合国临时译员。他挣足了美元，忙于采购，准备回家过圣诞节。咪咪家成了免费的国际旅馆，招待八方来客。吃中国饭，喝法国酒，又没语言障碍，何乐而不为？

一线阳光钻过楼缝，经落地窗折射，在三角钢琴上呈扇状，最后触到狗的眼睛，闪烁。传统的英式早餐：蒜炸西红柿和腌鲑鱼，加新鲜水果。迪马和我坐下，咪咪居间，这有点儿像两个超级大国首脑的工作早餐。迪马在美元和民族自尊心之间显得烦躁，我表示理解。而我对美国外交政策的抨击，他完全赞成。他欢迎我在适当的时候到莫斯科访问，我愉快地接受了这一邀请，但由于某些技术上的原因，我暂无法请他到北京回访。

迪马上街采购，咪咪去联合国上班，飞飞激动了一阵，叹气，趴在门口。

我给老A打电话。我们认识二十年了。其身世像部未完成的传奇，情节曲折，且不断有新的进展。他十三岁成反革命，跳河自杀，得救。随父放逐西北。"文革"期间，又成反革命，不投河，走为上——到处流浪，要过饭。二十世纪七十年代末回北京，和我共过事，当美术编辑。在海外，先风水大师，后军事专家。

"我这些天睡不着啊，"老A叹了口气。"你想想，还剩下不到两年工夫，我怎能不愁！李登辉脑子有问题，不是傻，是脑子有问题。台湾独立，大陆绝不能坐视不管，美国必然会介入。军中的少壮派可是主战的。那太平洋里的核潜艇头一颗就对准纽约，就等于对准我们家。

你说，我们刚买了房子……搬家？打起来就不止一颗喽，至少几百颗。往哪儿搬？"据说他上次对台湾海峡危机的预测，得到五角大楼和日本防卫厅的证实。

挂上电话，老A描述的世界末日景象，让早饭难以消化。大事让他不幸言中，虽误差七八年。下午两点半，艾略特来了。在世界末日到来前，我们还得去朗诵。

下楼，上第三大道，过四个路口，即中央火车站，乘R线，奔皇后区。和地铁的尿臊味混在一起的，是和纽约有关的回忆。一路上,我和艾略特闲扯。他说起很多人每天都吃兴奋剂墨西哥总统派军人们照顾病重的帕斯纽约最大的好处是在街上观看行人里根毁掉了美国的福利制度冰岛简直是天堂尼娜去印度出差他每天得送孩子上学……到站了,我们搭出租车,来到纽约市立大学(The City University of New York)的皇后学院。

今天是1998年2月23日。我在电脑前,试图描述我两个多月前在纽约的一天。重新建构时间是一种妄想。特别是细节,作为时间的形态,它们早已消失。所谓事实,是当事人假定的,带有某种共谋性质。我给咪咪和艾略特打电话,像罪犯串供:"那天早上我们吃了什么?""不,不是俄国早餐。""那个教授叫什么来着?"

对,他叫安米尔·阿尔卡莱(Ammiel Alcalay)。校园由西班牙风格的红砖建筑物组成。几个女学生懒洋洋地在门口抽烟,带着纽约人特有的冷漠和疲倦。阿尔卡莱教授突然出现,斜穿小径,好像他一直埋伏在某个楼角。他有着肖像速写中潦草的轮廓,胡子花白,眼神茫然,显得睡眠不足。他的办公室里贴满了各种图画,有他孩子的,也有学生的。他偏好视觉艺术,也很容易成为其对象。有的老师生来就是为了让学生画的。

他和艾略特曾邻居多年,邻居怀旧的话题全世界都差不多,若翻成北京话大致如此:挨煤铺的三间半北房?拆喽,盖大饭店,把日头都遮了。你瞧上的那丫头片子仨孩子,早过景了。东院二大爷?嗨,那叫福分,不咳嗽不喘,一觉没醒来……

朗诵会只有二十来个听众,估计要么是学校胁迫的,要么是为免费的红酒点心的。院长坐镇,哪个敢溜?我念中文,艾略特念英文翻译。听众像是二十来部虽联网但全部切断电源的电脑:拒绝任何信息。我和艾略特交换了一下眼色,草草收场。

阿尔卡莱教授代表校方请客,由四位同胞作陪。我们紧跟教授去找车。起初方向明确,行百余步,他有些迟疑,瞻前顾后,声东击西。终于找到车,可钥匙不见了。他自我搜身,深刻反省,滴溜溜围着车转圈,像个业余车贼。下雨了,我和艾略特缩在房檐下。教授显得更加潦草,无奈,只好叫出租车。

在中国餐馆坐定,阿尔卡莱教授被中国菜感动了,不再慌乱,脸上的线条变得肯定。那把车钥匙注定在某处黑暗中等他。其实他并非普通的教书匠,而应属于联邦调查局感兴趣的那类人物。他是犹太人,却站在巴勒斯坦一边。文学兴趣也是反主流的,研究塞尔维亚诗歌,编巴勒斯坦诗选。艾略特告诉我,除了几大西方语种外,他会塞尔维亚语、希腊语、希伯来语和阿拉伯语。沉迷在那些古老语言的迷宫中,怪不得找不着钥匙呢。

晚9点和苏珊·桑塔格(Susan Sontag)有约。我从饭馆赶到她家,整整晚了四十分钟。她约我出去吃晚饭,也让我忘了。吃了?她目光中有一种惊奇。吃了。某些交往总是阴错阳差。

去年春天美国笔会中心的酒会上,她一进门,立即成了中心,闪光灯追赶着黑发中的一绺绺白发。席间,她过来自我介绍,约个时间见面。我一时慌乱,借口忙推辞了。后来将功补过,寄书,她又没收到,这叫没缘分。

苏珊的单元很大,在顶楼。从她的客厅可以看见哈德逊河(The Hudson River)。一只游艇驶过,展示了河水在黑暗中的质感。她告诉我,她喜欢在厨房写作。

苏珊并非传说的那么骄傲,她打开瓶法国红酒,和我闲扯。其实在我和苏珊及很多西方作家的交往中,都有这么个微妙的心理问题:一个作家在失语状态中的尴尬。您高小程度的英文,能和人家讨论什么?

起身告辞,我喝得有些摇晃。苏珊让我把一包错递的邮件还给门房。门房是个墨西哥人，蓄着小胡子，睡眼惺忪。我琢磨，这份差使我干得了。

拦了辆出租车，司机是个土耳其人。他一路大叫大喊："……这世界就要玩完了。你还没听说？南北极正他妈融化。哈哈，水位上升，俄国、欧洲，就要被淹没了。"他边说边掏出个扁玻璃瓶往嘴里灌。天哪，但愿不是酒。"你从哪儿来？中国？中国跑不了，我们土耳其也跑不了，统统喂鱼。上帝？上帝也没用。别着急，纽约头一个。哈哈，这些大楼就要沉到海底下啦……"

辑四

# 搬家记

## 一

1989年至1995年的六年工夫,我搬了七国十五家。得承认,这行为近乎疯狂,我差点儿没搬出国家以外。深究起来,除了外在原因,必有一种更隐秘的冲动。我喜欢秘鲁诗人塞萨尔·巴列霍的诗句:"我一无所有地漂流……"

头一站西柏林。住处在最繁华的库达姆(Ku'damm)大街附近,是德国学术交流委员会(DAAD)提供的。如同得了热病,我昏沉沉地穿过纪念教堂广场,所有喧嚣被关闭在外。一个"朋克"鸡冠状头发鲜红似血,他张开嘴,却没有声音。那年夏天,墙还在,西柏林与世隔绝,像孤岛。我是1989年的鲁滨逊,带着个空箱子,一头钻进语法严密的德语丛林。我把从墨西哥买来的绳床吊在阳台上，躺在那儿眺望柏林摇荡的天空。我前脚走，柏林墙跟着轰然倒了。接着挪到挪威首都奥斯陆（Oslo），住大学城。我有时去市中心散步，狂乱的内心和宁静的港湾恰成对比。直到那时我才意识到回不了家了。

住下没两天，迈平就开着他那辆老爷奔驰车，帮我搬到另一处学生宿舍。这回，箱子成双。绳床怎么也塞不进去，正好捞些锅碗瓢盆，拖进新居。我和五个挪威小伙子共享厨房。头疼的是，刚塞进冰箱的六瓶啤酒，转眼少了四瓶半。在挪威啤酒太贵。得，我顺嘴喝干剩下的半瓶，把另一瓶拎回屋里。我带多多到一个教授家做客，主人用自制的啤酒招待我们。那啤酒有股怪怪的肥皂味，没喝多少，我俩沉沉睡去。教授气得四处打电话：我、我的中国客人怎么都睡着啦⋯⋯

冬天到了，北欧终于给我点儿颜色看看：漆黑。一个专门倒卖旧电视的中国同学，看我可怜，匀出一台给我。我喝着温啤酒看电视。那挪威话还挺耳熟，带陕北口音。

在挪威待久了，迈平得了失语症。每天晚上，我俩一起做顿饭，对影成四人，无言。放寒假，他去外地看老婆。大学空城，我孤魂野鬼般游荡。钻进一家中国餐馆，除我，还有一人。他自言自语，动作古怪，目光疯狂，充满强烈的暗示性。慌张中我丢下碗筷，撒腿就跑。

过了1990年元旦，我把绳床留给迈平打鱼，搬到瑞典斯德哥尔摩，住进一家相当宽敞的公寓。主人一家去印度旅行。我实际只用厨房，有时去客厅和餐厅遛弯，顺便照料花草。一群住在外地难民营的中国人来借宿，带来各自的故事。他们中有工人、商人、大学生，到天涯上孤独的一课。我们在黑暗中互相借光。冬天的斯德哥尔摩让人沮丧。太阳才爬起来，没升多高，就被黑暗之鱼一口吞下去，吐出些泡沫般的灯光。我日夜颠倒，索性整天拉上窗帘。三个月后，花草奄奄一息，主人回来了。一位好心的中国餐馆老板借我个小单元，更符合孤独的尺寸。有人从英国带来瓶苏格兰威士忌，让我一口喝光。我把自己关在屋里，发疯尖叫，在镜子前吓了自己一跳。

我常和李笠泡酒吧。他用瑞典文写诗，出版了好几本诗集。他是个拈花惹草的老手，满街跟姑娘套近乎。在斯德哥尔摩，几乎每个酒吧都有赌桌。我们输光兜里的钱，喝得醉醺醺的，摇摇晃晃走在大街上，李笠会突然歇斯底里地大笑。

春去夏来，我照旧拉着窗帘，遮挡喧闹的白夜。

那年秋天，我到丹麦第二大城市奥胡斯教书，一住两年。安娜帮我在郊区租了间可爱的小厢房。两位女房东是女权主义者，一位心理学家，一位妇女博物馆馆长。她们带各自的娃娃住正房，居高临下，审视一个倒霉的东方男人。夜半，三盏没有性别的孤灯，遥相呼应。小院紧靠铁路，火车常闯入我梦中。惊醒，盯着墙上掠过的光影，不知身在何处。

我父母带女儿来探望我。我临时借点儿威严，住进丹麦海军司令家隔壁的小楼。我们住二层，窗外是海和丹麦国旗。一层是老建筑师乌拉夫，地下室租给年轻的女钢琴家乌拉。他俩并无血缘关系，名字近似，像欢呼，自下而上，不过多了声岁月的叹息。乌拉夫寡居，有种老单身汉的自信，仅用台袖珍半导体欣赏古典音乐。我有时到他那儿坐坐，喝上一杯。他特别佩服贝聿铭，做中国人，我跟着沾光。不过盖房子是给人住的，而诗歌搭的是纸房子，让人无家可归。轮到我割草，乌拉夫也会板起面孔，驱赶我推着割草机在后院狂奔。乌拉独身，靠教课及伴奏为生。她的眼神茫然，好像看多了海平线。她对我经常外出十分羡慕，梦想有一天能在巴黎或纽约那样的大都市找到工作。她弹得真好，但琴声永远被门紧紧关住。

父母和女儿走了。图便宜,我搬到郊外的新住宅区。外出的房主是一对中国老人,随儿子出来,跟着享受丹麦的福利。那单元特别,以厕所为中心,所有房间环绕相通。我心情好时顺时针溜达,否则相反。那恐怕正是设计者的苦心,要不怎么笼中困兽或犯人放风总是转圈呢。

1992年10月初,从丹麦搬到荷兰,送的送,扔的扔,我还是坐在行李堆里发愁。没辙,只好向柏林的朋友求救。他从柏林租了辆面包车,开到丹麦,装上孤家寡人,再经德国开到荷兰的莱顿(Leiden)。

莱顿的住处实在太小,根本没地方溜达,我成了那些陈旧家具中一员。房东玛瑞亚住二楼,是个神经兮兮的老寡妇。她有个儿子,极少露面。她每年都要去修道院做心理治疗。这位眼见要全疯的老太太,这回可抓住我这根稻草,一逮着机会就跟我东拉西扯,没完没了。我尽量靠边走。玛瑞亚有种特殊本事,只要开道门缝,她准站在那儿等我,唱个法文歌,背首德文诗,要不然就讲述她的噩梦。不管怎么着,我绝不让她进屋,否则就成了我的噩梦。

玛瑞亚抠门。冬天阴冷,我夜里写作,不到12点暖气就关了。第二天早上请示,不理。哆嗦了三天,再请示，恩准。她把定时器调到夜里2点——在妄想与噩梦之间。

我请玛瑞亚到附近的中国餐馆用餐。她精心修饰，早早坐在那儿等我。大概很多年没人请她吃饭了。饭馆生意冷清。玛瑞亚显得有些拘束，话不多。她讲起战时的荷兰和她的童年。回来的路上，她的高跟鞋橐橐响着，那夜无风。

临走她请我上楼喝茶，我留了地址。她的信追着我满处跑。我搬家速度快，却还是被她的信撵上。她每次都附上回邮信封。我铁石心肠，扔掉。这世上谁也救不了谁。孤独的玛瑞亚！

## 二

来美国前，在巴黎住了三个月。先寄居在我的法文译者尚德兰家。她离了婚，带两个孩子，住在巴黎郊区的小镇上。她自己动手盖的房子，永无竣工之日。每次来巴黎，她指给我其中的变化：新装修的厕所、楼板上刚踩漏的洞。她喜欢抱怨生活，但不止于抱怨，而是英勇地奔忙于现实与虚无之间：教书、做饭、翻译、割草。我有时担心，万一出现某种混乱怎么办？比如把书做成饭，把草译成诗。她喜欢跳舞，芭蕾舞。无疑，这有效地阻止了混乱。我没见过她跳舞。可以想象，在练习厅，她深吸一口气，踮起脚尖，展开手臂，旋转，保持平衡……

我父母和女儿来到巴黎。宋琳一家去度假，把钥匙留给我们。他家在市中心，五楼。旋转楼梯像受伤的脊椎吱吱作响，通向巴黎夜空。我妈妈腿脚不好，爬楼梯是件痛苦的事。这和我的噩梦连在一起——是我在爬没有尽头的楼梯。夏天，巴黎成了外国人的天下。我几乎每天陪女儿去公园游乐场。我拿本书，在长椅上晒太阳，心变得软软的，容易流泪，像个多愁善感的老头。书本滑落，我在阳光中睡着了，直到女儿把我叫醒。

那三个月，像跳远时的助跑，我放下包袱，灌够波尔多红酒，铆足劲，纵身一跳。

1993年8月25日，我带着盖有移民倾向标记的护照，混过海关，灰头土脸地踏上新大陆，毫无哥伦布当年的豪迈气概。先在密歇根州的小城伊普西兰蒂落脚。第一任美国房东拉里，用狡黠的微笑欢迎我。他是大学电工、市议员、民主党人、离婚索居者、两个孩子的父亲和一只猫的主人。他除了拉拢选民，还加入了个单身俱乐部，在政治与性之间忙碌。这一点他是对的：政治是公开的性，而性是私人的政治。

拉里很少在家。我常坐在他家的前廊看书。在东密歇根大学选了门小说课，每周至少要读一本英文实验小说。英文差，我绝望地和自己的年龄与遗忘搏斗，读到几乎憎恨自己的地步。把书扔开，打量过往行人。深秋，金黄的树叶，铺天盖地。晚上，大学生喝了酒，显得很夸张，大叫大喊。那青春的绝望，对我已成遥远的回声。

拉里的黄猫不好看，毛色肮脏，眼神诡秘——这一点实在很像拉里。它对我表示公然的漠视。饿了，也从不向我讨食，完全违反猫的天性。以一个流浪汉的敏感，我认定这是拉里私下教导的结果。白天，一只黑猫常出现在窗口，窥视着黄猫的动静。有了房子的保护，黄猫不以为然。两猫对峙，斗转星移。我把黄猫抱出后门，黑猫包抄过来，低吼着，声音来自白色腹部。黄猫毛发竖立，蹿到台阶下，背水一战。黑猫虽占优势，但也不敢轻举妄动。此后，黄猫知我狼子野心，不再小瞧，尽量躲着我远点儿。

1994年初，我搬到十英里开外的城市安娜堡。不会开车，我在商业中心附近找了个住处。那片红砖平房实在难看，但在由快餐店、加油站和交通信号灯组成的现代风景中却恰如其分。我头一回动了安家的念头，折腾一礼拜，买家具电器日用品，还买了盆常青藤植物。由于这些物的阐释，"家"的概念变得完整了。收拾停当，我像个贼，在自己家里心满意足地溜达。

我很快厌倦了同样的风景和邻居。而旅行仍让我激动，每次坐进火车和飞机，都会有这种莫名其妙的激动。一个美国姑娘告诉我：她最喜欢的地方是航空港，喜欢那里的气氛。其实，旅行是种生活方式。一个旅行者，他的生活总是处于出发与抵达之间。从哪儿来到哪儿去都无所谓，重要的是持未知态度，在漂流中把握自己，对，一无所有地漂流。

我开始迷上爵士乐，想搬往昔日的美国。徐勇帮我查报纸，打电话，一家家逛去，终有所得。那条小街僻静荒凉。木结构的小楼多建于二十世纪二十年代，门脸颓丧，油漆剥落，但与爵士乐的情调相吻合。那天晚上看房的人很多，中意者按先来后到，我排第五。前面四位犹豫不决，让我得手。

写作往往是个借口，我坐在窗前发呆。松鼠从电线上走过，用大尾巴保持平衡。一棵柿子树在远处燃烧。前廊有个木摇椅，坐上，铁链吱嘎作响。

我住二楼，房东老太太住一楼，却未曾谋面。收垃圾的日子，一摞摞纸饭盒堆在门口。一日，我坐摇椅闲荡，只见侧门推开，探出一根拐棍，够着地上的报纸。我连忙弯腰递上。老房东太老了，恐怕已年过九十。她说话极慢，词儿像糖稀被拉开。我突然想起她年轻时在摇椅上的身影。

她的律师儿子告诉我，母亲中风，多次住院，但死活不愿搬家，不愿离开这栋自打她结婚时买下的房子。我这个搬家搬惯了的人，对此深表敬意。

她儿子的深宅大院藏在树丛深处。太太和气，烤得热腾腾的饼干，一定让我尝尝。他们有多处房产出租，却坚持自己割草。每到周末，两口子出动。戴草帽，备口粮，挥汗如雨为何忙？那劳动热情让我费解。

1995年秋天，我和家人团聚，在北加州的小镇定居，先租公寓，后买房子。我有时坐在后院琢磨，这些年恐怕不是我在搬家，而是世界的舞台转动。我想起玛瑞亚。她在这舞台上孤独地奔跑，举着那些地址不明的信，直到信被冷风刮走，消失在空中。我头一次想给她回封信：亲爱的玛瑞亚，我还好。你呢？

## 开车记

我的车坏了,半路直冒烟,一位懂车的朋友看了看,估计是散热器漏水。今天一早他帮我请了个美国人来修车。这车是一年前买的,1986年的奥迪。当时帮别人找车,结果让我一眼看上了。那富丽堂皇劲儿,让我想到德国人的骄傲和冷漠。在路灯下,它近乎完美。特别让我动心的是坐在真皮的座椅上听激光唱盘,十个喇叭环绕着像十个歌唱的天使。我心想,就是车开不动,放在家门口当书房兼音响室也值了。不过它的方向盘有问题,你得不停地向左转,车才走直线——这有点像某些统治者的思维方式。车主是个美国人,他那轻描淡写的态度不可信。但开价实在不高:二千六百五十美元。我这个致命的音响爱好者,无心讨价,以二千六百美元成交。

开回家，等第二天太阳出来，才看到毛病。除了方向盘的问题外，车身有伤，皮座磨损，天窗打开关不上。我送进车铺，取回，车价翻了一倍。

我想我和很多来自中国大陆的男同胞一样，都有一种对速度的热爱。那是来自一个农业帝国童年的梦想。二十世纪七十年代初，美国的畅销书《海鸥乔纳森》(*Jonathan Livingston Seagull*) 译成中文，让不少人着迷，我弟弟甚至把它全部手抄下来。作者是退役的飞行员。他借一只海鸥飞行的故事，大谈速度的美。在空旷的高速公路上开快车会让我想起这故事，特别在日落时分，让人赏心悦目，如果再能有我这样的音响的话。

可很多年来我一直拒绝学开车。主要原因是严重的神经衰弱，一坐车就会昏睡不醒。在欧洲没问题，那儿的公共交通发达。我搬到美国，尝尽了没车的苦头，处处要搭车。当时我在另一所大学兼课，离住处只有七英里，可步行加倒车来回得在路上折腾好几个钟头。我一咬牙买了辆1986年的福特Tempo。我是在报纸的广告栏里看到的，价钱、里数、新旧程度都合意。和车主电话约好，一位朋友带我去看。车主竟是个大陆留学生。其实车外表很旧，前灯还瞎了一只。他说撞死了头马鹿。开价一千九百五十美元，讨价压下三百，双方似乎都舒了口气。我们先开到车铺洗刷一通，顿时生辉。然后又跑遍废车场，配上车灯。我每天早起直奔我的老爷车，擦擦这儿，弄弄那儿，再绕着它转几周才舍得离去。

学车主要得克服心理障碍。上了点儿岁数，反应慢，加上我本来就分不清东南西北。我按部就班，先在停车场上练。记得头一回上街是晚上，四周车灯晃眼，喇叭齐鸣，我一下慌了神，车像浪峰上颠簸的船。吓得坐在旁边的朋友大叫，差点儿要从车里跳出去。

当地中国人学车都有一套，根本用不着上驾校。笔试可用中文，现成答案三套是世代相传的。只要花上两个钟头，保准过关。为了避免怀疑，最好能错上两道题。我笔试不小心得了个满分。考官扫了我一眼："你以前开过车吧？"我矢口否认。当地的考车路线也是固定的，至少有十年没变过，就像条传送带，把一拨拨中国司机输送到危险的公路网上。路考前，我的朋友领我按既定路线练上三遍。考官是个年轻的黑女人，挺漂亮。我得小心才是，漂亮的女人都是危险的。最后她指出我路上开得太慢，拐弯的速度又太快。我心里一沉，没想到她那描得很细的眉毛一扬，说："通过了。"

买旧车就是买心病。我的那辆车底盘低，有一回练车蹭在石头上，车暴躁得像坦克，且浓烟滚滚。赶紧送到车铺，原来是汽化器坏了，换新的连工带料得五百。换了汽化器，接下去那位人高马大的美国师傅可不撒嘴喽。他告诉我连排气管在内的全部呼吸系统统统得换，因为中西部冬天公路撒盐，都被腐蚀坏了。我咬牙跺脚，只好认倒霉。车修好了，美国师傅开出长长的发票，加在一起刚好和这车的价钱相等。开着这辆不咳嗽不喘但其貌不扬的车回家，别提多憋气了。

这类不愉快的经验，我想每个大陆来的留学生都有过。初来乍到，急着开车打工，钱少哪有你挑的份儿？我的朋友老郭，十年前刚到美国时花两百美元买了辆小货车，练了一个半钟头就上了高速公路。正暗自得意，突然发现脚闸失灵，又赶上下坡，一闭眼撞在一辆巨型货车的屁股上。好在人没事。货车司机过来，见老郭既不懂英文，又开着辆早该报废的破车，便骂骂咧咧地扬长而去。我两年后见到老郭时，他仍在打工，但日子好过些了。他花四百三十五美元换了辆日本的HONDA。车的性能不错，只有一个毛病：点火困难。他的经验是就坡停车，利用势能。发动时先挂二挡，一腿跨出车外，用肩顶门，铆足了劲儿，连推几步，待点着火，再跃入车中，必是真功夫才行。我在的那几天，这推车的活就让给我了。起初还好，推上百十米，车就突突地冒出欢快的青烟。但每况愈下，有时竟要推上一两里地才能点着。在风雪中奔跑，大汗淋漓，倒真有股革命豪情。去机场前在他家吃饭，我求他万万不要熄火，生怕误了班机。

在美国买车可是门学问。最好事先多请教行家，不可轻举妄动。有一种汽车拍卖会，广告做得轰轰烈烈。那些车来路可疑，但价钱便宜，吸引了不少大陆留学生。车在场上开一圈，你一举手，别人没动静，车可就归你了。我认识一个南京来的小伙子，一激动开回辆车。大家围它转圈，都琢磨不透怎么这么便宜。最后恍然大悟，原来倒车挡坏了。这车只能前进，不能后退。

在美国混久了，找到工作，买辆好车算不了什么，但也往往失去了新鲜感。想想当你头一次合法地坐在方向盘前，打火，挂挡，轻踩油门，车身向前跃去，景物如行云流水，只有红灯和警察才能拦住你。

# 赌博记

一

今年圣诞节,全家去拉斯维加斯。开车先到洛杉矶过夜。翌日晨,上山滑雪。下午,翻过洛矶山,进入茫茫沙漠。日落夜深,十五号公路上,车灯连成一线,直奔赌城。今天是圣诞节,这些罪孽深重的人啊。

9点到拉斯维加斯。这建在人类弱点之上的城市,其辉煌,让你突然感到无力。据说张爱玲晚年曾动过念头,要搬到这儿来。我信。只要读读她的小说,很容易找到和这座城市的某种对应关系。

进大门,声色犬马一起奔来。得亏有定力,我随手喂了几枚小钱,才杀开一条路。预订的房间客满,我们免费升级,升到二十七楼的豪华套房。晚饭后,妻女累了,要在卧室的旋水浴池里泡泡。我说去弄点儿零花钱,只一会儿。

我自幼好赌。父亲抽烟。我把烟盒拆开,叠成三角,勒边,向下微弓。孩子们凑在一起,先鉴定,牌子差或残破的,一律靠边站。扇三角要落点好,会用巧劲儿。我从小动作协调性差,纵身跃起,用尽吃奶的劲儿抡出,对方的纹丝不动。而人家肩膀一抖,我的三角就翻过来,归他所有。那赌博如原始交易,以物易物。

我后来迷上弹球。孩子们撅着屁股,在五个小洞之间移动。我还是协调性的问题,球出手无力,没准头。高手架势就不同:直腰,平端,单眼吊线。一声脆响,我的心缩紧,球准又多了个麻坑。心狠手毒者,甚至用瓷球石头球来击碎玻璃球。上中学,午休时弹球,我每次输掉一张做数学题的白纸。晚自习课,只好到处去借。

困难时期,我家邻居采用粮食均分制,小京和他哥哥各分一千五百颗黄豆。哥儿俩弹球,小京技术差,每回输五颗。输到四十颗,快够他哥哥美餐一顿时,我们怂恿他一次赌四十。再败,赌八十。翻到一千二百余颗,终于蒙上,他咸鱼翻身。

1985年底到深圳开笔会,我头一次遭遇吃角子老虎机。没投几个就中了。铃响,叮叮当当掉出港币。同行们急红了眼，哄抢，纷纷去投。再开会，人手一个微型轮盘机。文学开始走下坡路。

1986年春天，我从斯德哥尔摩乘船到赫尔辛基(Helsinki)。轮船上到处是老虎机。我住二等舱，窗含阳光大海。我求胜心切，认准一台老虎机，先握手，再过招，可不到半个钟头，两百瑞典克朗，折合两百个肉包子，有去无回。取出晚饭钱，继续跟那吃人"老虎"算账。这回倒好，连骨头都没吐。甲板开始摇晃。我两腿发软，眼冒金花。回头是岸？突然想起还有出国兑换的三十美元，取来兑换再投，眼睁睁，看它吞掉我最后一个攥出汗的克朗。趁没人，我狠狠踹它两脚。回舱房，窗黑，我吞下块硬币般的巧克力充饥，那是免费的。

在英国北部住了一年，有时去伦敦。那些老虎机店响声震天，老远让你热血沸腾，好像那是全世界金钱的漏斗。里边东方面孔多，尽是中国饭馆的打工仔。老板大厨敢下赌海，他们只能拿零钱打打水漂。

英国人把老虎机叫作"独臂贼"(one arm thief)。听这名字，必有杀人越货的真功夫，亏吃多了，我不敢恋战，一般在和别人约会前二十分钟去转一圈，尚有可能小赢，事关信用和友情，不得不急流勇退。和"独臂贼"搏斗，得小心里应外合。有一回，我没防身后，被双臂贼麻利地摸走了一百八十英镑。

在英国认识郭氏兄弟。他俩原在国内某乐团，一个吹笙，一个吹唢呐。这两样凄厉的玩意儿，把婚丧嫁娶的复杂感情带到伦敦，可把自以为见过世面的英国人唬住了。郭氏兄弟靠街头表演为生，极受欢迎。赚的钱总得有个去处。哥儿俩都是赌徒。具专业知识有丰富经验持之以恒为之终身奋斗者，才能得此称号，绝非等闲之辈。

一晚，大郭在老虎机店输了百余镑。剩十便士，投，先吐两镑，再投，吐四镑、八镑。转身进赌场，在轮盘赌押红黑两色，到八十镑。于是上桌，势不可挡，到天亮赢到九千镑。说到此处，大郭目光炯炯，叹了口气，想必是转折点。早上在赌场用餐，叫出租车，先到朋友家，请他代寄两千镑回京，孝敬老母。再去电器店，买录像机。到家，洗了个热水澡，返回赌场。走背字，六千镑倒流回去。叫出租车，赶到朋友家，钱还没寄。呜呼，两千镑没等老太太听个响，就烟消云散。当夜，九千镑全部奉还，又搭进四千镑。

大郭的老婆是英国人，闹到赌场，老板无奈，只好取消了他的会员资格。

那是1988年春节,我和郭氏兄弟在曼彻斯特表演。我念诗,没人在意。他们哥儿俩可把老华侨吹得热泪盈眶。会后,在唐人街找了家饭馆,点了几样经济实惠的小菜。酒足饭饱,大郭讲起这故事——他一生中的二十四小时。说到结局,他并不服气,狠狠说:"我他妈深知其中诀窍,只要再有一万镑,我准能捞回来。"我想这正是赌场老板乐得听见的,这种复仇心理,才是赌场致富的秘诀。

我后来去英国,打听郭氏兄弟的下落。据说还在街头表演。那凄厉的中国民乐,必含有那一昼夜的悲欢,更加扑朔迷离。

## 二

说起中国人在海外赌博,那故事就多了。中国人好赌,我想这和我们民族的非理性倾向有关:信命运不信鬼神。加上漂流在外,文化隔膜,语言不通,又不想跟自己过不去。怎么办?

赌场起码人多,五湖四海,是为了一个共同的目标走到一起来的。没有语言与文化上的障碍。您只要一比画,谁都懂。再说赌博至少给人以希望，今儿输了还有明儿呢。撞上大运，那就是一辈子荣耀。

1995年夏天，我从巴黎搭车去德国看朋友，认识了开车的小赵，一个纯朴小伙儿。他原在德国一所大学读书，觉得无聊，转到一家肉食公司的冷库打工。工资高，但德国人不乐意干，都包给第三世界的弟兄们。要说这活儿不难，一接提货单，立马穿棉袄进冷库，半扇猪，五只鸡，扛上就走。可千万别磨洋工，否则自己也给冻上了，得等到下张提货单才会被发现。下班没事，小赵跟着去了几趟赌场，把细节看在眼里，在冷库干活时暗自琢磨，终于悟出轮盘赌的关键所在。

我在德国那几天，他辞了冷库的差使，改去赌场上班。赌场比冷库温暖多了，不必接触动物尸体，还有人侍候。他每天回来，神采飞扬。数完马克，跟我们一起吃晚饭。他分析当天的案例，画出曲线，总结规律，除了个别误差，一切都在预料之中。眼见着人类赌博史上最激动人心的时刻就要到来了，我劝他每次不要赢得太多，否则让赌场盯上，列入黑名单。

这担心是多余的。三个星期后小赵又回冷库干活，欠了一屁股债。

其实赌场是不怕你赢的。十年前在拉斯维加斯的一家赌场,有个老头拉联网老虎机,中了三十万美元的大奖。赌场的人过来祝贺他,给他开支票。老头被胜利冲昏了头脑,不要支票,要继续玩下去。三天后,他不仅把三十万全部输掉,还得到一张两万多美元的税单,只好回去变卖家产。对赌场这是最有效的广告,当时就见了报。

手气这玩意儿,像命运,的确难以捉摸,连开赌场的也不得不信。玩二十一点,庄家连输几把,马上换人,其实就是换手气。我相信人与人之间有一种场,相生相克。若庄家是个悍妇,横眉立目,玩牌于凶猛的股掌之中,让你先凉了半截,哪敢有求胜之心?太老的男人则有成精的嫌疑,更令人生畏。有一回我在雷诺玩二十一点,正连连得手,庄家换人,换上个老头,连眉毛都白了。论岁数,他二十年前就该退休了,必是赌场的镇山之宝。他勉强站稳,哆哆嗦嗦地发牌。我二十点,他准二十一点。我逃得慢了一步,三下五除二,桌上所有赌客的钱被一扫而光。

欧洲的赌场,大体是节制的、半隐蔽的,甚至带贵族味道,拒绝解救平民心灵的苦闷。我1992年冬天去法国南方，顺道去摩纳哥的蒙特卡洛（Monte Carlo），误入赌场。说误入，是指我高估了自己的实力。

我受到贵宾的礼遇，有点儿受宠若惊。有将军气派的守门人开门，有白发长者领路，有小姐标准的微笑。在登记处，我缴出护照和五十法郎，被记录在案。步入宫殿式大厅，绕着高大的柱子，寻寻觅觅，除了几张轮盘赌桌，根本没有老虎机。人不多，看来都是常客，衣着讲究，细声慢语。我凑到赌桌前，想小试身手。台面上标明：最低筹码五百法郎。而我只带三百五，连个筹码都买不起。一妇人正下注，攥着三块一百万法郎的牌子。我微微出汗，退后几步，点烟。此刻摄像机大概正对准我，电脑迅速和国际刑警局或各国银行挂钩，查这个中国大款的有关资料。

美国赌场的气派完全不同。头一次去大西洋城，吓了我一跳。那阵势，像个未来世界的祭坛：上千台老虎机电闪雷鸣，众人被施了魔法，动作僵硬，两眼发直。那是场群众性的宗教活动。我们赌累了，出来透气。只见一个巨型管道，凌空从赌场伸到海边，把沙滩上的散兵游勇，包括我们，全部吸了回去。

此刻，当我从二十七楼降到大厅，正是受到那魔法的召唤。

先换二十美元的硬币,和"独臂贼"单练。天昏地暗,约百十回合,我明显不支。一时找不到兑换的小车,我干脆把钞票直接塞进老虎机,让它自动转换。天助自助者,我终于中了,铃声大作,老虎机呕吐不止,吐出四百个。我用目光邀请周围的人来分享这份喜悦,他们反应迟钝,视而不见,最多点头而已。这些人真没见过世面。

我把硬币装进小桶,刚要收摊,裸着长腿的女郎送酒来了。付了小费,又要一瓶。这回有酒壮胆,欲罢不能。夜深了,有人梦游,多是中国人,乡音飘来浮去,时近时远。再看大厅有雾,想想不对,怕是我有些恍惚。斜对面的一个美国女人中了,她得意地转过头来。我懂,赶紧挥手致意。

凌晨6点,我塞进最后一个硬币,穿过大厅,迷了路,问服务员,才找到电梯。叮当一响,门关上,电梯上升。

# 朗诵记

## 一

在小学我是靠说相声出名的,后来改行朗诵,背的是高士其的诗《时间之歌》。只记得操场尘土飞扬,前有全校同学,后有老师督阵。我站在砖台上,扯起嗓子:时间啊——时间刷地过去了。

"文化大革命"好像集体朗诵,由毛泽东领读,排在后面的难免跟走了样,变成反动口号。再说按中央台的发音,听起来有问题:好像全国人民一句句纠正他老人家沙哑的湘潭口音。我在学校宣传队打杂。幕后比前台有意思,像隐喻。隐喻狡猾狡猾的,看不见摸不着,但掌握最后的解释权。演出结束,队员赋比兴全哑了,轮到隐喻,给他们灌胖大海。

毛泽东把年轻人"轰到"厂矿乡下。我当上建筑工人。工地上干活,忍不住来一嗓子。晚上,我们几个同好爬到楼顶,对着星空和高音喇叭,唱的是毛主席诗词,背的是贺敬之的《雷锋之歌》:"人应该这样走,路应该这样行!"老师傅认为我们有病:"这帮小子,八成找不着老婆,看给急的。"

1970年春,我和一凡、康成去颐和园后湖划船。康成站在船头背诗:

> 我的一生是辗转飘零的枯叶,
> 我的未来是抽不出锋芒的青稞,
> 如果命运真是这样的话,
> 我情愿为野生的荆棘放声高歌……

这是郭路生的诗。我被其中的迷惘打动了。

九年后,我见到郭路生。都说他疯了,一点儿看不出来。大概唯一的根据是,他往返于家与精神病院之间。朋友在一起,他会突然冒出一句:"我能不能给大家念首诗?"没人反对,他起身,拉拉褪色的制服,"请提意见。"他用舌头把活动假牙安顿到位,清清嗓子。念完一首,他谦逊地笑笑,"能不能再念一首?"声音虽抑扬顿挫,但相当克制,和我们当年的革命读法不同。

所谓革命读法,就是把杀鸡宰羊的声音与触电的感觉混在一起。那时代的标准发音,赶上这会儿,准以为神经有毛病。看来郭路生挺正常,是我们和时代疯了。

1979年4月8日,《今天》编辑部举办朗诵会,在玉渊潭公园。我们事先向公安局申请,没答复,就算是默许了。我和芒克、老鄂去勘测地形。林中空地有个土坡,正是舞台。黄锐把床单画成抽象幕布,绷在两树之间。老鄂忙着接蓄电池、放大器和喇叭,像土法爆破。也确实是爆破,炸开个缺口:1949年以来这样的朗诵会还是头一回。那天大风。听众比预计的少,有四五百人。若从空中看,有三圈不同的颜色:以听众为中心,灰蓝土绿;然后外国人,花里胡哨;最外圈是警察,刷白。

陈凯歌参加朗诵,他当时还是电影学院的学生。那天他念的是郭路生的《相信未来》和我的《回答》,用革命读法。而雕塑家王克平正好相反,他念芒克的《十月的献诗》,平平淡淡,好像自言自语。

1986年深秋,《星星》诗刊在成都举办"星星诗歌节"。我领教了四川人的疯狂。诗歌节还没开始,两千张票一抢而光。开幕那天,有工人纠察队维持秩序,没票的照样破窗而入,秩序大乱。听众冲上舞台,要求签名,钢笔戳在诗人身上,生疼。我和顾城夫妇躲进更衣室,关灯,缩在桌子下。脚步咚咚,人们冲来涌去。有人推门问,"顾城北岛他们呢?"我们一指,"从后门溜了。"

写政治讽刺诗被批判的叶文福,受到民族英雄式的欢迎。他用革命读法吼叫时,有人高呼:"叶文福万岁!"我琢磨,他若一声召唤,听众绝对会跟他上街,冲锋陷阵。回到旅馆,几个姑娘围着他团团转,捶背按摩。

可惜我没这个福分,只有个小伙子缠着我。他大连人,辞掉工作流浪,目光中有着道路纠葛在一起的狂乱。他跟了我好几天,倾诉内心痛苦。我说我理解,但能不能让我一个人歇会儿?他二话没说,拔出小刀,戳得手心溅血,转身就走。

那是由于时间差——意识形态解体和商业化浪潮到来前的空白。诗人戴错了面具:救世主、斗士、牧师、歌星,撞上因压力和热度而变形的镜子。我们还险些以为那真是自己呢。没两天,商业化浪潮一来,卷走面具,打碎镜子,这误会再也不会有了。

1985年夏天,我头一回出国。规模最大的荷兰鹿特丹诗歌节,像某个异教的小小分支,不过绝无我在成都所见的狂热。听众手脚干净,没人带刀枪,挟诗人以自重。他们花钱买份节目单或诗集,安分守己,必要时鼓鼓掌,绝不会喊出"万岁"之类的口号。对诗人,则像测谎一样,先要试音,别想吓着观众。也别想占领舞台,朗诵时间受到严格限制。我估摸必要时干脆关上喇叭,让有歇斯底里倾向的诗人变成哑巴。总之,其运作有着资本主义社会的精确性。

诗人多跟社会过不去,又无生存能力,免不了待业受穷有神经病嫌疑,被划入另类。不管怎么着,朗诵给诗人提供了证明自己不聋不哑、免费旅行和被世界认知的机会。

其实这类活动也随民族性格而异。巴塞罗那诗歌节就开得不拘小节,热热闹闹,像个狂欢节,似乎主要是为了颂扬时光美酒爱情。对西班牙人来说,享受生活第一。晚上 11 点活动结束,正赶上当地人的晚饭时间。诗人们来了精神,挺胸叠肚,浩浩荡荡开到港口。侍者如云,杯光烛影,有吉卜赛人跳舞唱歌。几杯酒下肚,在现实世界做诗人的晦气一扫而光。

二

朗诵有时也得冒点儿风险。1993 年春天,我参加英国文化委员会组织的文学之旅,来到贝尔法斯特(Belfast)。那是处于战争状态的城市。北爱尔兰共和军(IRA)在爆炸前十分钟通知当局,以免误伤自己人。我们下榻的欧洲旅馆,进门一律搜查,客人也不例外。(一年后,我从电视看到它被炸成废墟。)女主人带我们步行去饭馆。路上,她看看表说,再过几分钟,有颗炸弹在附近爆炸。我刚要卧倒,见女主人谈笑风生,只好紧紧鞋带跟上。

我和翻译汪涛路过电影院,那天上演《爱国者游戏》(*Patriot Games*)。里面总共四五人。一开场,我俩全傻眼了,竟是一部反爱尔兰共和军的片子。在人家大本营放这玩意儿,岂不找死?我们本能地向下出溜,像钻进战壕,只露眼睛,以防银幕内外的炸弹爆炸。那是我有生以来看过的最惊险的电影。

朗诵会在一个小剧场,周围有手持机关枪的大兵巡逻。听众以年轻人为主,成分复杂,想必各种政治倾向的人都有。朗诵开始了,他们专心致志,似乎忘掉了身边的战争。我声音有些异样,但绝不仅仅是恐惧。在这样的地方,诗歌才是重要的。

比这更危险的是另一种情况。1992年夏天,我和安娜去参加哥本哈根诗歌节。那天大雨,我们赶到郊区,在泥泞中跋涉,终于找到那个大帐篷。这哪是什么诗歌节?在震耳欲聋的摇滚乐间歇,可怜的诗人一个个蹿上台,耍猴般,姿势困难,模样绝望,被喧嚣所湮没。再细看,听众们喝啤酒,抽大麻,东倒西歪。我突然想起马雅可夫斯基的那句名言:"给大众审美趣味的一记耳光。"

诗人的第六感官灵敏,能否和听众交流,他最清楚。他的心像停车场,知道有多少辆进来,停在什么位置,哪儿撞伤了,是否漏油。有时一片空荡,车全绕着弯走。

某些语言天生就是为了朗诵的。俄国诗人个个有如歌唱,即使不解其意,你也会被那声音的魔力所慑服。要说我们也有吟诗唱词的传统,可惜早已中断,那也是没有办法的事。谁能想象照此传统吟唱新诗呢?那山野间的呼啸,不但吓走听众,还会招来警察或城里的豺狼虎豹。俄国诗人嗜酒如命。1990年鹿特丹诗歌节的焦点是俄国诗歌,请来了十几个俄国诗人。组织者吸取教训,不得不把他们旅馆房间的小酒吧关掉,那也挡不住喝。他们聚在一起,在朗诵前已喝得差不多了。

阿赫玛杜琳娜(Bella Achatowna Achmadulina)

二十世纪六十年代以写情诗出名，是我当年崇拜的俄国女诗人之一，如今年老色衰。只见她摇摇晃晃上台，勉强站稳，但一开口，声音非凡，整个大厅被照亮了。那瞬间，仅仅那瞬间，她召回了早年全部的爱情。

约翰·阿什贝利是纽约诗派的代表人物。1990年春天我在斯德哥尔摩听他朗诵，他完全喝醉了。腿脚本来有毛病，那天瘸得更厉害，好像在蹚地雷。女主持人也跟着出了问题，她脱下高跟鞋走路。他们之间有场莫名其妙的对话——你干嘛脱鞋？这样比较容易跟上您的诗。四年后，我和阿什贝利等着上台朗诵，有好酒招待。我提起此事，他笑了，"看来我在这方面名声不好"。说完，又给自己斟了一大杯。

罗伯特·布莱（Robert Bly）朗诵时像指挥，两只手忙个不停，好像听众是庞大的乐队。他又像个摘果子的，烂的扔掉，好的留下。或者相反。他身高体胖，眼镜闪闪发光，乐天达观，这倒挺符合他所提倡的男权主义形象。我们在瑞典南方的马尔默（Malmo）参加诗歌节。朗诵结束，我带他到赌场，教他玩二十一点。他回美国来了封信："写诗就像玩二十一点，多半只能得到十五六点。"

艾伦·金斯堡把他的不少诗配上谱子，边唱，边用吉卜赛人的小手风琴伴奏。他是靠朗诵起家的，没有朗诵，就没有金斯堡和"垮掉的一代"。他是个音韵和节奏的大师。英语虽不像俄语那样富于歌唱性，但多变的节奏配上丰富的俚语土话挺适于骂人，特别是骂政府，让无权无势的平头百姓出口恶气。我和艾伦在东密歇根大学同台朗诵时，能看得出来他对听众的控制。那是一种催眠术：艾伦成了上帝，满嘴脏话的愤怒的上帝。

我在鹿特丹见过一个真正的行吟诗人，来自撒哈拉沙漠。吟唱了大半辈子，在舞台上只给他二十分钟。他在休息厅席地而坐，用披风把自己遮得严严实实的，口中念念有词，忽高忽低，估计取决于风沙的大小。他随身带个小牛皮口袋，装的不是诗，都是些咒语护符，恐怕是为了对付那个把其生命限制在二十分钟之内的魔鬼社会的。他的诗多写在沙子上，被风抹掉，留下的是声音，和风一样经久不衰。他最佩服的是中国诗人马德升，朗诵的那首由一百多个"他妈的"组成的诗，把巴黎给震了。

去年秋末，在巴黎。一天晚上，我们去郊区小镇的一家咖啡馆朗诵。那天下雨，听众二十来个，不少。这样的夜晚适合朗诵，酒和雨声都有催眠效果。

最后一个朗诵的是法国诗人。他叹息，窃窃私语，背景音乐断断续续——都是金属的破碎声。他从口袋掏出个纸包,层层剥开,是一片生牛肉。我警惕起来。他用生牛肉在脸上擦拭,转而咆哮,通过麦克风,震耳欲聋。我赶紧堵耳朵,仍能感到阵阵声浪。几个年老体弱的女人转身逃走,免得耳聋中风。他开始试着吞咽生牛肉,近乎窒息。我担心他会不会冲过来,把那块他吞不下去的生牛肉硬塞进我嘴里。朗诵在声嘶力竭的吼叫中结束。他满头大汗,脸憋得像生牛肉。我拒绝和他握手,不管寓意有多深,他的声音是对他人存在的侵犯。

两年前,《纽约时报》星期日副刊登了篇文章,嘲讽靠朗诵混饭的美国诗人。想想我也在其行列。美国的大学系统与欧洲不同,设创作课,并有系列朗诵会配套成龙。诗人就像和尚,先得有个庙立足,再云游四方,一瓶一钵足矣。就我所知,游离在"庙"外的美国诗人极少。连艾伦也熬不住,被他痛恨的系统所收编。科尔索混进去,行为不轨,又被赶了出来。对诗人来说,死还是活,这是个问题。

有时面对听众,我会突然心生倦意。我们先人怎么朗诵来着?把酒临风,应答唱和,感怀赠别,生死无限。

# 饮酒记

一

夜深了,我关上灯,在噼啪作响的壁炉旁坐下,打开瓶红葡萄酒,品酒听风声看熊熊烈火。

这是我一天最放松的时候。

酒文化因种族而异,一个中国隐士和一个法国贵族对酒的看法会完全不同。当酒溶入血液,阳光土壤果实统统转换成文化密码。比如,汉语中描述白酒的词,如"醇厚""绵",根本甭想找到对应的英文。反之亦然。我跟两个美国酒鬼到加州的葡萄酒产酒区纳帕品酒,他们透过阳光虔诚举杯,抿一口,摇唇鼓舌,吐掉,跟着吐出一大堆英文术语。我估摸这多半来自法文,在转换过程中被清教徒粗野的饮食习惯简化了。可译可不译,恐怕跟理性非理性有关。一般来说非理性的部分不可译,比如酒，比如幽默。

有人把古文明分成两大类型："酒神型"和"日神型"。汉文化本来算"酒神型"的。夏商就是醉生梦死的朝代——"酒池肉林"。君王喝，老百姓也跟着喝，喝死算。据说那时候灯油昂贵，黑灯瞎火，不喝酒干嘛去？后来必然败给了一个比较清醒的国家——周。周公提出"制礼作乐"。一戒酒，中国人的文化基因跟着变了。

我酒量不大，但贪杯，说起来这和早年的饥饿有关。三年困难时期，我常去我家附近的酒铺买凉菜。食品短缺，酒铺改了规矩：卖一盘凉菜必须得搭杯啤酒。那年我十岁。至今还记得那个位于北京平安里丁字路口的小酒铺，门窗涂成浅蓝色，脏兮兮的，店里只有两张小桌几把方凳，玻璃柜又高又大，摆着几盘凉菜。我把一卷揉皱的纸币递上去，接过凉菜，倒进铝饭盒，再小心翼翼端着酒杯，站在门口看过往车辆。啤酒凉飕飕的，有一股霉味。回家路上我两腿发软，怎么也走不成直线。当时并没体会到酒的好处，以为那是免于饥饿的必要代价。

头一次喝醉是在文化革命初。我和同学到北京周口店附近爬山，在山坳背风处露宿。那是四月夜，冷，"罗衾不耐五更寒"。睡不着，大家围坐在月亮下，瑟瑟发抖。

有人拿出两瓶劣等葡萄酒，转圈传递。我空腹喝得又猛，很快就醉了，那一醉终生难忘。山野间，暮色激荡，星星迸裂，我飘飘欲仙，豪情万丈。我猜想，所谓革命者的激情正基于这种沉醉，欲摆脱尘世的猥琐生命的局限，为一个伟大的目标而献身。

如果说沉醉是上天堂的话，烂醉就是下地狱。我烂醉的次数不多，原因是还没等到烂醉，我先睡着了。这恐怕是一种本能的自我保护。我有自知之明，喝酒前，先勘测地形，只要有床或沙发我就放心了。

1986年春我和邵飞去内蒙，朋友带我们到草原上做客。那里民风纯朴，唯一的待客方式就是饮酒唱歌。轮流唱歌喝酒，唱了喝，喝了唱，直到躺下为止。蒙古包比较方便，往后一仰，就睡进大地的怀抱。醒了也赖在那儿装死，免得又被灌倒。蒙古人实在，不会像美国警察测试酒精度，倒了就算了。我发现他们唱歌方式特别，酒精随高频率振荡的声带挥发而去，不易醉。如法炮制，我们大唱革命歌曲，驴叫似的，竟把陪酒的生产队长给灌倒了。这在当地可算得奇耻大辱。第二天中午我们刚要出发，队长带来七八个壮小伙子，估摸是全队选拔来的。他们扛着好几箱白酒啤酒，连推带搡，把我们涌进一家小饭馆。我的几个朋友虽是汉人,但土生土长,这阵势见多了。杯盘狼藉方显英雄本色,双方磕平。队长只好作罢,挥挥手,带众人磕磕绊绊为我们送行。而我早就钻进吉普车,呈水平方向。

## 二

车过东胜市。市长没闹清我何许人,设宴招待。那小镇地处边疆,竟有燕窝鲍鱼之美味,吃了好几天手扒羊肉,不禁暗喜。谁知道按当地风俗,市长大人先斟满三杯白酒,用托盘托到我跟前,逼我一饮而尽。我审时度势,自知"量小非君子",人家"无毒不丈夫",这酒非喝不可,否则人家不管饭。作陪的朋友和当地干部眼巴巴盯着我。我心一横,扫了一眼旁边的沙发,连干了三杯,顿时天旋地转,连筷子都没动就一头栽进沙发。醒来,好歹赶上喝了口汤。

中国人讲"敬酒不吃吃罚酒",古已有之。"敬酒"是一种礼数,一种仪式,点到为止。"罚酒"是照死了灌,让你在大庭广众之下丢人现眼。"敬酒"在京剧中还能看得到:"酒宴摆下"——其实什么都没有。如今只剩下"罚酒"了，这古老的惩戒刑罚如此普及，大到官商，小到平头百姓，无一例外。说来那是门斗争艺术，真假虚实，攻防兼备，乐也在其中了。好在猜拳行令也弘扬了中国文化。我女儿刚学说话时，就从她姥爷那儿学会了行酒令："螃蟹一，爪八个，两头尖尖，这么大个儿。"多么朴素的真理，这真理显然是被酒鬼们重新发现的。

1983年春，我参加遵义笔会，跟着众人去"董酒"厂参观。午餐很丰盛，每桌都有个姑娘陪酒。作家们起了歹心，纷纷跟那陪酒女干杯。起初她们半推半就，继而转守为攻，挨着个儿干，先一杯对一杯，后三杯对一杯，最后那些想占便宜的男人纷纷求饶，出尽洋相。一打听，这都是酒厂专门挑出来的女工，特殊材料造就的，喝酒如喝水，从不会醉。酒厂设此圈套整治一下色迷迷的男人，也好。

漂流海外，酒成了我最忠实的朋友，它安慰你，向你许愿，告诉你没有过不了的关；它从不背叛你，最多让你头疼两天——开个玩笑而已。头几年住在北欧，天一黑心就空了，只有酒陪我打发那漫漫长夜。

在欧洲各有各的喝法。南欧人以葡萄酒为主，从不暴饮，纯粹是为了享受生活，让阳光更明亮爱情更美好。北欧人酷爱烈酒，是追求加速度，好快点儿从孤独中解脱出来。俄国人就更甭说了，冰天雪地中的绝望非得靠伏特加，被一棍子打蒙才行。我当时找的就是这感觉：被一棍子打蒙。

我1990年在挪威待了三个月，从秋到冬，好像胶卷曝光过度，一下全黑了。好在挪威水力发电过剩，鼓励用电，白天黑夜全点着灯。我住学生城，和五个金发碧眼的挪威小伙子共享一个厨房。我刚放进冰箱的六瓶啤酒，转眼少了四瓶半。挪威的酒类由国家管制。啤酒分三级，一级几乎不含酒精，二级的酒精也少得可怜，只有这两级啤酒可以在超级市场买到，三级啤酒和其他酒类全部由国家控制的酒店专卖。啤酒贵不说，一到晚上七点，哐当当，所有超级市场都用大铁笼子把啤酒罩起来，再上锁，就连经理也别想顺出一瓶。每逢周末，酒鬼们趁早买好酒，先在家把自己灌个半醉，再上街进酒吧，否则要想喝醉，非得破产不可。在挪威造私酒的特别多，在酒精专制下，那些游击战士倒也没什么远大抱负——"但愿长醉不愿醒"。

我看过一部有关动物世界的电影。一群猩猩吃了从树上掉下来的烂果子，步履蹒跚，东倒西晃，最后全都躺倒在地，呼呼大睡。要说这就是我们文明的起源，基于一种因发酵而引起的化学反应，直到今天，仍在影响着我们观察和梦想的方式。

## 三

我的老朋友力川住巴黎。所谓"老"，其实倒不在于相识的年头，更重要的是共饮的次数，每回来巴黎，都少不了到力川家喝酒。力川东北汉子，本是喝白干的，结果学法国文学学坏了，爱上了昂贵的红酒。他对酒具的重视显然是受法国文化中形式主义的影响。酒杯不仅认真洗过，还要用餐巾纸逐一擦干，不留一丁点儿水痕。红葡萄酒要提前半个小时开瓶，让它透气。他太太是杭州人，做得一手好菜。好友三五，对酒当歌，此乃人生之乐事也。喝法国红酒也有一种仪式：斟上，看颜色，晃动杯子，让酒旋转呼吸，闻闻，抿一口，任其在牙缝中奔突，最后落肚。好酒？好酒。酒过三巡，牛饮神聊，海阔天空。

我今天喝得猛，先飘飘然，转而头重脖子硬，眼前雾蒙蒙，再细看力川变成两个，想必是喝多了。力川的声音忽远忽近："古人说，酒不醉人人自醉……"我连连点头。人总是需要这么一种状态，从现实从人生的压力下解放出来。酒醉只忽悠一阵。坐直了,别趴下,跟着众人傻笑。不久力川又变成一个。

我从北欧不断往南搬,像只候鸟,先荷兰、法国,然后越过大西洋奔美国,从中西部又搬到阳光明媚的加州,我逐渐摆脱了烈酒,爱上红酒。细想,这绝对和阳光有关。有阳光的地方,人变得温和,和红酒的性格一致。

我喝红酒的启蒙老师是克莱顿,美国诗人、东密歇根大学英语系创作课的教授。

他喜欢烹饪,最拿手的是法国和意大利菜。我住在安娜堡时是他家的座上客。

佳肴当然得佐以美酒。他边喝边告诉我一些产地年份之类的基本知识,至于品味则不可言传,非得靠自学。喝得天昏地暗时,我会产生错觉,他家那长长的餐桌是流水线,克莱顿一瓶一瓶开下去,空瓶子在桌的尽头消失。墙上的那些墨西哥面具全都活了,狞厉而贪婪地盯着我们……

他家地下室虽有酒窖,但喝得太快,数目总也上不去,有时只剩下百十来瓶。于是他开车到处去买酒,把我也叫上。我们常去的是另一个小城的酒店"皇家橡木"(Royal Oak),得开一个多钟头。老板摩洛哥人,小个儿，眼睛贼亮。我们一般中午到，他备上小吃，再开上几瓶红酒，连吃带喝。他进的多是一些名不见经传的法国酒。买酒的确是一种发现，有的价格不贵，但很棒。克莱顿兴致所至，不顾他太太卡里尔的反对，一口气买下四五箱。我也跟着凑热闹买一箱，本打算存放在克莱顿的酒窖里，想想不大放心，还是扛回自己的小窝。

1996年5月我到台北开会。有天晚上，《杀夫》的作者李昂领我到一家酒店。店面不大，顾客多是律师医生名画家，三五成群，围坐在空木箱上，开怀畅饮。空酒瓶排成队，一看都是极昂贵的法国名酒。在台湾喝红酒成了新时尚，好歹比餐桌上灌XO强多了。饮酒居然也和强势文化有关，明码标价，趋之若鹜。其实法国红酒根本配不上中国菜，特别是川湘菜，味重，舌头一木，好酒坏酒没区别。

我忽悠一下打了个盹儿，赶紧正襟危坐，装没事人儿一样。时间不早了，由力川夫妇督阵，让一个半醉的朋友开车送我回家。巴黎街头冷清清的，偶尔有酒徒叫喊。我到家，磕磕绊绊上楼，掏出钥匙，却怎么也插不进锁里。我单眼吊线，双手合作，折腾了半天，才发现拿反了钥匙。咔嗒一声，门开了。

# 旅行记

看到儿子蹒跚学步的录像带,心有所动——那是旅行的开始,其实,一个人的行走范围就是他的世界。

我家原住长安街,在我眼里它如江似海,汽车像巨轮。在父亲牵领下跨越长安街,我的天地从四合院扩展到对面的中山公园,亭台楼阁大树藤蔓深入梦中。上了幼儿园,红砖楼房高耸入云,老师个个硕大无比,须仰视才见。后旧地重游,才发现那楼房矮小颓败,老师们转眼都成了小老太太。

我家后来搬到阜成门,即如今的二环边上。我家后窗面对荒野——城春草木深。八岁那年暑假,母亲带我去上海看望病重的外公。第一次坐火车,心如汽笛般激动。那时没有长江大桥,半夜过江,火车分段拖上渡轮,上岸再挂钩伸直。上海和北京完全不同,是我想象中的大都市。黄浦江边,我看到真正的轮船和军舰。这些见闻成了我跟伙伴们吹牛的本钱。

我家又搬到德胜门内三不老胡同,那原是郑和的家宅。邻居家男孩儿一凡和我同岁。大概受到郑和阴魂的冥冥召唤,我们结伴出游,主要路线之一是去王府井,来回步行三四个钟头。我们像土地丈量员一样,丈量着古老的城市。一路上,一凡谈起他刚读过的《八十天环游地球》(*Le Tour du monde en quatre-vingts jours*),敲响了周游世界的梦想的大钟。

"文化大革命"爆发不久,我在学校操场发现一辆破自行车,无锁亦无主人,顺便"借用"。骑车出入革命洪流,如虎添翼。第一次"拥有"自行车的感觉真好,虽说车身锈,轮胎旧,辐条少,一根麻绳牵动着含混的车铃。骑在车上居高临下,甚至会对步行者产生鄙视——看来人的腐化是多么容易。得意忘形,我沿大下坡撒把滑行,一个马趴摔在警察岗楼前,膝盖胳膊肘血肉模糊,引来众人围观。没过多久,那辆自行车神秘地消失了。

大串联——这全国青少年的集体免费旅行,彻底改变了一代人的视野及思维方式。它让我,一个十七岁的少年整天脸热心跳。南下广州,东进上海,西望长安,千里长江一线穿。除了抄大字报搜集各地革命动向,当然啦,也顺便游山玩水。路上我们认识了一帮北工大的学生,结伴而行。正要从上海返回北京,发现火车站瘫痪,铁轨上坐满了各地红卫兵。于是我们和北工大的同学共同组织纠察队,打电话警告同样瘫痪的上海市委,和铁路局造反组织交涉——第一列开往北京的火车终于出发了。由于严重超员,车厢空气污浊,行李架上和座椅下都睡满了人。我常睡在椅子背脊上,把头卡在两个挂衣钩之间保持梦的平衡。火车走走停停,三天三夜才到北京。

有了大串联这碗酒垫底,再去哪儿都不在话下。1967年初夏,几个同学在教室闲聊,异想天开,约好去天津玩。第二天一早,在永定门外的京津公路集结。一行六七人,高举一手绢毛主席像章拦车,试图贿赂司机。可司机无动于衷,风驰电掣而过。背水一战,我们背对车流的方向横坐,拦住公路,司机只好刹车。而卡车开往别的地方,把我们抛在半路。前不着村后不着店,绝望中见到有两个姑娘正搭车,上前求援。这帮大小伙子埋伏在路沟,听见一辆卡车由远到近,刹车,于是蜂拥而上。司机捶胸顿足地诅咒,无奈。

到了天津，白天东游西荡，晚上睡火车站广场，与乞丐酒鬼为伍。晒了一天的水泥地像热炕，盖上毯子暖乎乎的。一张当年在天津的合影：大家懒洋洋的神情，好像在享受午后的阳光；只有一人目光坚定，胳膊交叉，一只脚恨不得伸出照片以外。当时就说这小子有官相，后来果然做了高官。

"上山下乡运动"来得突然，让我们措手不及。与大串联的免费旅行不同，这可是背井离乡，户口一迁走，就永远甭想再回来了。北京火车站送行的一幕，撕心裂肺。那是我们那代人彼此告别，并与时代告别的时刻。

我被分配到建筑公司，和别的知青一起被大卡车拉到河北蔚县，开山放炮，在山洞建发电厂。下了班，骑着跟老乡借来的毛驴，沿乡间小路来到山脚下。那阵子正背古诗词。慢是一种心境，小毛驴把我带向古诗词的深意中。春节公休回北京，大家穿皮大衣挤满敞篷卡车，迎朔风，浑身冻得僵硬，却欢声笑语。

父亲去了湖北的干校，母亲带妹妹去了河南的干校。每年法定十二天探亲假外加倒休，我先去干校，然后转道走访名山大川。那是第一次自费旅行。盘缠不够了，我从庐山步行六七十里到九江，与一个乡下孩子同路。

最难忘的还是从上海到大连头一次乘轮船的经验。我睡五等舱大通铺,邻居是哑巴,我们用笔和手势交谈。我多半站在后甲板,眺望波涛和海鸟。进入深海,海水近墨色,水平线遥不可及,心向往之。

扒火车成为那年月的时尚。插队的同学互相传授经验,各有高招。我和刘羽去五台山朝圣,回京的路上钱花完了,到大同找朋友借了十块钱,但还是决定扒车。我和刘羽不时交换目光,像地下工作者,端着茶缸交叉走动,避开乘警。我们嗓子冒烟,腿肚子转筋;车轮飞转,而时间仿佛停滞了。眼看快到北京,刘羽提议在远郊的小站下,我认为那样目标反而大。我们争得脸红脖子粗。最后他还是跟我到了北京站,下车往出口相反方向走,然后翻墙。

二十世纪八十年代初,我在世界语刊物《中国报道》工作。为撰写"大运河""松花江"和"长城"等旅游专题系列,我以记者身份沿途采访,一直追溯到源头。那是利用工作之便的旅行。在贯穿南北的大运河上,我搭乘小客轮,和满脸刀刻般褶皱的老船长拉家常。黄昏时分,汽笛突然拉响,在贫瘠的土地上回荡,空旷而凄凉。

1985年春,我接到西德等几个欧洲国家的邀请。那时我正挂靠在北京郊区的一家乡镇企业,花了好几个月办手续,竟原地踏步,连县衙门这一关都没过。幸好胡耀邦亲自干预,最后一刻才放行。

从北京出发,在巴黎转机去西柏林。那是头一次离开中国。飞机穿过滚滚云层,我心神恍惚。自蹒跚学步起,就有某种神秘的冲动带我离开家乡,外加时代推波助澜,让我越走越远,远到天边,远到有一天连家都回不去了。四年后,我重访西柏林,从那里出发踏上不归路。

自1987年春起,我和家人在英国住了一年多,常去欧洲。三人旅行与单身旅行、情人旅行完全不同,与中年心境吻合——如歌的行板。女儿尚小,我们在教她飞翔,在暴风雨来临以前。

1989年我终于成了孤家寡人。轻装前进,周游世界的梦想不仅成真,而且一下大发了:居无定所,满世界飞来飞去。仅头两年,据不完全统计,就睡了一百多张床。就像加速器中的粒子,我的旅行近乎疯狂。它帮我确定身份:我漂故我在。

对中国人来说,跨国旅行的首要麻烦是签证。想想吧,在那些敌意的窗口排队,填写天书般的表格,绕开盘问的重重陷阱,忍受一个个扭曲心灵的折磨,得有多坚韧的神经才行。

大约十年前,我的法文译者尚德兰陪我到巴黎移民局办理居留延期手续,接待我们的是个谢了顶的中年男人。先是例行公事,根据表格询问核实,骤然间他喉结翻滚,脸色大变,连招风耳都红了。他以法国最高国家权力的名义警告我,我的证件全部失效。"你,听着,"他带着快感高声宣布,"从此刻起,所有机场火车站都对你关闭。"尚德兰战栗了,劝我一定要克制。

直到我无意中提到法国外交部一个熟人的名字,形势急转直下。他像泄了气的皮球,大汗淋漓,开始跟我东拉西扯,从法国新浪潮电影到伍迪·艾伦。第二天尚德兰打电话询问,那个法国最高权力的代言人宣布解除禁令,并正式道歉。

如今更是行路难。三年前我去参加耶路撒冷诗歌节,搭乘的是从纽约到特拉维夫(TelAviv-Yafo)的以色列航空公司的班机。提前三个多小时到了肯尼迪国际机场,我正发愁如何打发时间。

登机区由手持冲锋枪的警察把守。验明正身后,所有旅客逐一接受盘查,我面对的是位年轻的以色列女警官。先查三代,幸好祖上与回民无关。安检仪尖叫起来——

我忘了取出行李里的笔记本电脑，成了重点审查对象。电脑交给反爆破专家测试，而我被男警官带进小单间，脱成光屁溜，查遍衣裤的每个针脚。由女警官亲自押送，我和另几个嫌疑犯最后一刻才登上飞机。

当然也会有另一种意外。有一次我从马其顿开会回美国，先到布达佩斯过夜。第二天早上在机场登机时，我掏出积攒里程用的银卡，把柜台后的匈牙利男人唬住了，一下把我从经济舱升到商务舱。

再从阿姆斯特丹转机去芝加哥，我居然坐到商务舱一号的位置，这有如升官，心里总不怎么踏实。空中小姐走过来，让我带上行李跟她走一趟。我心想这下完了，除了罚款，还得被训一顿。她带我上楼来到宽敞的空间，说："你被升为头等舱的乘客。"我被安置在一个舒适宽大的靠椅上。另一位空中小姐马上送来法国香槟和异国情调的南非菜的菜单。

待吃饱喝足正要入睡，发现根本就玩不转遥控器，故靠椅无法放平。而像我这样老练的头等舱常客，自然不便向空中小姐启齿下问。与靠椅搏斗了一夜，让我筋疲力尽，腰酸背疼。

航空港成了我生活的某种象征，在出发与抵达之间，告别与重逢之间；在虚与实之间，生与死之间。航空港宽敞明亮，四季如春，有如未来世界。我在其中闲逛、读书、写作、瞌睡，用手机打电话，毫无顾忌地打量行人。而我，跟所有乘客一样，未曾相识也永远不会再相见。我们被虹吸进巨大的金属容器，射向空中，体验超重或失重的瞬间。

从长安街那边出发的男孩到此刻的我之间，到底有多远？子曰：父母在，不远游。我们这代人违背了古训，云游四方，成为时代的孤儿。有时深夜难眠，兀自茫然：父母风烛残年，儿女随我漂泊，社稷变迁，美人色衰，而我却一意孤行。这不仅仅是地理上，而是历史与意志、文化与反叛意义上的出走。这或许是命中注定的。在行走中我们失去了很多，失去的往往又成了财富。

看大地多么辽阔，上路吧。

# 南非行

一

从纽约到约翰内斯堡（Johannesburg），飞机整整飞了十四个小时。

我坐窗口，一个大块头白人卡在我和一个黑女人中间。他先跟那女人闲聊，然后转向我。他是南非的银行职员，住在约翰内斯堡。他对1994年南非政权过渡后的情况并不满意，"你知道，还是同样的危机。"问到我，他说，"你准是和这位女士开同一个会。"他倒吸气，腾出空间让我们说话。那女人叫洛娜（Lorna），宽脸阔嘴，长得十分喜庆。我一边喝南非红酒，一边查看诗歌节的资料。洛娜在牙买加，牙买加在加勒比海，加勒比海在地球上，地球在天上……

我醒来时感到窒息。大块头睡着了，他的一身肉松弛下来，溢出座位。我赶紧打坐入定，抗拒幽闭恐惧感。

到了约翰内斯堡，转飞机还要等三个多小时。我在小吃部遇见洛娜，她喝茶，我喝芒果汁，我们累得找不到话题。我问她是否注意到旅客中黑人极少。洛娜说，黑人们只待在地上。而牙买加的洛娜飞来飞去。她不住在牙买加，住美国，在密歇根大学教写作。我也在那儿待过。她突然忘了某个熟人的名字，愣住了，眼睛茫然。她保证，只要好好睡一觉，她肯定会想起来。

到德班（Durban）天已黑了。德班是南非最大的港口城市，一百多万人。摇曳的棕榈树和英国殖民风格的建筑，那是午夜帝国的热带梦。沿海岸是全世界哪儿都能见到的那种大饭店。我们住在"蓝水"（Blue Waters Hotel）旅馆。从窗户望去，层层白浪在黑暗中推进。组织者警告我们，晚上不能单独上街。据说，南非的犯罪率是纽约的六倍。我回到大厅，洛娜也下来了，我们被带到附近的一家意大利餐馆。

我的老朋友布莱顿紧紧搂住我。我管他叫"基督"，不仅因为长得像，更主要的是他那双镇定而悲天悯人的眼睛。他在这块土地上坐了七年半牢，又在巴黎流亡多年。作为诗歌节的策划者，现在终于轮到他当家做主人了。他既是诗人,又是画家。今晚是他画展的开幕式,可惜我晚到了一步。他把我一一介绍给在座的诗人。

一个又高又瘦的黑人冲过来,是哈瓦德(Hawad),撒哈拉沙漠的行吟诗人。我们十年前在鹿特丹诗歌节见过。他那时穿披风,在休息厅席地而坐,招魂驱鬼。如今一身短打扮——中式对襟的蓝布褂子。他英文很差,指指那褂子:"巴黎,我买,很便宜。"接着用法文侃起来,我根本听不懂。这是他的风格——和骆驼一起待久了。

我坐在加拿大诗人帕特里克(Patrick Lane)旁边,再过去是荷兰诗人儒勒(Jules Deelder),对面是帕特里克的 companion,加拿大女诗人洛娜(Lorna Crozier),另一个洛娜。英文 companion 指的是长期同居者,中文很难找到相应的词。

帕特里克告诉我,二十世纪八十年代初,他作为加拿大作家代表团的成员访问中国时,总是被人围观,指着鼻子喊:"白求恩,白求恩。"他真有点儿像白求恩,前额很宽,秃顶,不过眼神不同。和坚定的共产主义战士相比,他少了些热情,多了些怀疑,是原子时代的幸存者"白求恩"。在北京,他厌倦了官方的安排,很想找到我们这些"离经叛道"者,可作协的人闪烁其词。到了西安，在翻译的安排下，他终于见到了几位当地的青年诗人。

加拿大的洛娜和荷兰的儒勒争得面红耳赤，为的竟是好莱坞电影《泰坦尼克号》。洛娜全面否定："陈词滥调，煽情，毫无价值……""什么？"儒勒像公鸡昂起脖子："那是激情！当男主角站在船头，"他挺胸展臂，作飞翔状，"懂吗？生命的激情！"我这才注意到他的模样：长脸，嘴角倒勾，油亮的黑发紧贴头皮，向后滑去。他一身黑——黑镜黑西服黑领带，一个不锈钢箍扣住领结，简直像个意大利黑手党。

我决定诗歌节期间尽量躲他远点儿。

第二天吃早饭，我跟罗马尼亚女诗人安娜（Ana Blandiana）坐在一起。说起来，我们错过了一次见面的机会。1986年春天，在伦敦考文特花园的一个小剧场，主持人迈克宣布，由于某种不便说明的原因，安娜得不到出国的许可，不能来参加朗诵会。十二年过去了，生活发生了戏剧性的变化：她当年想出出不了国，我现在想回回不去。

在旅馆休息厅碰见哈瓦德。我一直想弄清楚他是哪国人，这有点儿让他恼火。我，没有国，只有家——撒哈拉沙漠。他妈的,我的沙漠被四个国家给瓜分了。他许愿,有一天他要避开四国的警察,带我到撒哈拉沙漠去。相信我,他拍拍他那干瘦的胸膛。记得十年前他也这么说过。

"撒哈拉人"从一个带纹饰的皮口袋里掏出钢笔,边画,边用复杂的手势和几个英文单词描绘他的种族。他们柏柏尔族(Berber)是回教分支,过着游牧生活,总是被战乱驱赶,所以没有祖国。而他们的祖先,来自中国西北的戈壁滩。他拍拍我的肩膀,你,我,都是东方人。我瞅了他一眼,有些纳闷。甭管怎么说,人家有自己的文字,他的诗就是用这文字写的。他写给我看,果然有点儿像汉字,我开始相信我和这个疯狂的鬈发黑人有某种血缘关系了。

下午5点半,我们在旅馆大厅集合,乘车来到纳塔尔(Natal)大学的剧场。

在剧场休息厅宽敞的露台上,"撒哈拉人"坐下,伸出长臂,口中念念有词。我问担任翻译的法国姑娘莫德(Maud)他在召唤哪路神灵。莫德耸耸肩:他用的不是法语。和十年前相比,"撒哈拉人"明显衰老了,大概沙漠之神受不了法国的温文尔雅,已弃他而去。以前他从来不歇着,呼风唤雨,精力无限。

牙买加的洛娜大叫我的名字,然后咧嘴一笑,并没什么要说的,看来她缓过劲来,连我的名字都让她愉快。

钟声响了,剧场座无虚席。一群黑人小伙子呼啸而上,拍着脚背跳舞,这是非洲人好客的表示。在急骤的节奏声中,第二届非洲诗歌节开始了。

## 二

诗人们很快就分成不同的小集团。每天出门上车,可以看到这种非理性的分化组合,多半以语言为界。我们的交通工具是两辆红色丰田越野吉普,加上法语翻译莫德开的白色小车。英语集团包括"白求恩"两口子、荷兰的"黑手党"、南非女诗人英格丽德(Ingrid de Kok),还有我。

我们这辆车总是塞得满满的,罗马尼亚的安娜和印度尼西亚的伦德拉(Willibrordus S. Rendra)夫妇也时不时地挤进来。法语集团只有三个,法国诗人贝尔纳(Bernard)和住在巴黎的摩洛哥诗人兼小说家塔哈(Tahar Djaout),加上在法语中游牧的"撒哈拉人",窝在那辆小车里。这多少反映了在语言霸权的争夺中法语的尴尬地位。

我理解法国人的骄傲。在他们眼里,法语是世界上最美丽的语言,他们拒绝讲别的语言,特别是英语。在家还行,出门可就傻眼了。我也不知道这世界为什么跟法国人过不去。恐怕这事儿还怨不得谁,风水轮流转,说不定有一天全世界还都得讲中文呢。

我跟摩洛哥的塔哈,1990年在旧金山的国际作家会议上见过。诗歌节开幕的那天晚上,我试着跟他聊聊。他吞吞吐吐,他太太冷冰冰地戳在一边。我端着酒杯,进退两难,干脆用我唯一记住的法语说"早安",转身走了。

轮到开会发言,可就没别人插话的份儿喽。法语集团个个口若悬河,而且特别富于哲理。在一个人权讨论会上,塔哈赋予个人主义最新的含义,"撒哈拉人"呼吁用无政府主义来对抗美国文化入侵。坐在听众席的贝尔纳冲到台上,发表一个长长的关于自由的声明,用的是典型的后现代主义的叙述策略:一个词被另一个词所消解,就像某种掩盖足迹的动物,到末了你肯定忘了他的出发点。我私下叫他"哲学家"。只见他脸色苍白,激动得手直抖。我这才明白,法国出哲学家一点儿都不奇怪,那是咖啡馆的雄辩,加葡萄酒中的形而上。

讨论会的最后五分钟给我。我厌倦了人权的空话,对天生的无政府主义的"撒哈拉人"表示赞同。散了会,他紧紧握住我的手,再次保证有一天带我回沙漠,我也答应跟他一起回老家——西北戈壁滩看看。

我设法避开"黑手党",但没辙,我们被绑在同一集团,虽然英文都不是我们的母语。

除了晚上朗诵,我们白天还得到中学去。接连两天,我去的都是私立女校。那里讲究得有点过分,带英国贵族味道。女学生像一群穿制服的天使,吹长笛拨竖琴唱圣歌。其中有不少黑人和印度人。在南非,种族问题已退居二线:在金钱面前人人平等。几百年殖民统治的故事突然有了个过于简单的结尾。当老师吩咐一个上了年纪的黑人工友搬幻灯机时,我注意到他目光中的惶惑,几百年的惶惑。

我们上天堂那工夫,另一拨诗人下了地狱——德班一个贫民区的图书馆,他们的听众是些破衣烂衫的黑孩子。"白求恩"告诉我,最奇怪的是,那图书馆居然没有一本书。

第二天,我和加拿大的洛娜、印度尼西亚的伦德拉夫妇去为另一群天使朗诵。我和洛娜打头阵。洛娜天生是个好老师,学生马上喜欢上她了。她的诗大都关于男欢女爱,用词之大胆,让我都脸红。她得过加拿大所有重要的文学奖,但许多学校禁止用其诗作教材。我警告她,千万别在这儿读那些色情诗。她读了首诗,是关于洋葱头的爱情。随后,由伦德拉压轴。他声称,在印度尼西亚,诗人相当于巫师。他朗诵果然有作道场的架势。他妻子精瘦,话不多,一直用摄像机紧紧盯着她丈夫,好像生怕他从巫术中消失。最后伦德拉把妻子请上台,两人面对面搂着,含情脉脉地对唱起情歌来。舞台灯光转暗。

我认识了南非诗人兼歌手格特(Gert Vlok Nel)。他是个来自偏远地区的小伙儿,晚到了两天。"基督"告诉我,他开车去机场接格特。小伙子有点儿惊慌失措,"我,我简直不敢相信,像您这样的大人物来接我……""基督"笑着回答,"诗人中没有等级制度。"

我和格特上街。他胡子拉碴,穿粗布小褂,露出结实的臂膀。我逛商店时,他坐在咖啡馆给女朋友写信。这是他头一回出远门。他在地图上指着他的家——南非腹地的小镇,请我下次来一定去看看。"那儿的生活很不一样。"他说。他看人的方式很特别,眯缝着眼睛,直勾勾的,有点儿狡黠,有点儿迷惘。

我们在一家印度快餐店吃午餐。他当过跑堂、守门人和酒吧保镖——"我表面很壮,其实胆小如鼠,在紧急关头,随时准备逃跑。"他的英文短促含混,不易听懂。这两年,他作为歌手开始走红,出了激光唱盘。今年夏天,鹿特丹诗歌节要请他去朗诵。说到此,他眼睛中出现了短暂的空白。

诗歌节进展顺利。朗诵前诗人们互相买酒,开玩笑。英语集团和法语集团交叉走动,不会出现偏差。我突然想起 R.S. 托马斯（Ronald Stuart Thomas）的话:如果这个世界的人们从没有互相发现,日子会好得多,有大片的水域隔开他们。也许他是对的,交流引起新的争斗——由于新的支配欲望,这自然是很痛苦的事。

牙买加的洛娜把我拉到一边,神秘兮兮的,她正忙着凑份子,给诗歌节的组织者买礼物。

"撒哈拉人"在露台上,面对黑暗发表演讲:该死的美国文化,用美元占领了全世界。我的家乡啊——他声嘶力竭地叫喊。"黑手党"换了副墨镜和一条白色领带,对"撒哈拉人"做出如下评论:"他把他的沙漠理想化了。他为什么住在法国,从来不回到他那可爱的沙漠去？""基督"皱皱眉头说,"这恐怕也正是我们每个人的困境——把自己的过去理想化。"

"黑手党"在舞台上比在现实中容易理解,他的诗是黑色的,与穿着一致。

"白求恩"的诗跟他的 companion 洛娜一样,充满了色情的意味,有许多关于器官的描绘。他们俩把诗当成卧室的镜子。

"哲学家"在朗诵前,发表了一个关于诗的声明。

格特抱着吉他上台,他用一个特制钢架把口琴固定在嘴边,边弹边吹边唱。他的声音放松,略有点儿沙哑。同时,投影机把一组照片打在银幕上,其中有家庭合影,有伸向天边的铁路,有城市的灯火。那是关于一个乡下小伙儿淡淡的忧愁和离开家乡的惆怅,还有对远方的向往。

我们在一家印度饭馆进餐。我喝多了,为伦德拉夫妇唱了印度尼西亚民歌《星星索》,为安娜唱了罗马尼亚民歌《乔治参军》,为"白求恩"唱了加拿大民歌《红河谷》,和"基督"合唱了《国际歌》。

三

由于时差,我很早就醒了,打开电视,看 CNN 早上六点钟的新闻。印度尼西亚的政局动荡,学生运动随时有被镇压的危险。忧心忡忡的伦德拉夫妇,成了早餐桌上的中心人物。他们打不通电话,五个孩子都卷入了,一个还是小头目。而伦德拉本人,被认为是当地的精神领袖之一,他回去有被关押或拒绝入境的可能。

牙买加的洛娜告诉我,她打算买一束玫瑰送给组织者。

"撒哈拉人"的胃不舒服,说那是西方食物的问题。我不知道他在法国吃什么。他变得少言寡语,一脸沮丧,摇着长食指:No good。

我们乘车经过墓地时,"黑手党"突然讲起他的安妮表姐。"我那时还小,头一回见到从南非来看我们的安妮表姐。她又高又壮,一对大奶子。她使劲搂住我,差点儿没把我憋死。打那时候起,我最害怕女人的那个部位。我妈让她和我姐住一起。安妮表姐很好奇,东瞧瞧西看看,我姐屋里贴满了爵士乐明星的海报。她突然从中蹿出来,大声尖叫:'你们打哪儿弄来这么多黑鬼?'我妈气得大骂:'你以为你是谁?没尾巴的野兽,给我滚!'安妮表姐被赶了出去,再也没回来,谁也不知道她的行踪。这么多年了,说不定已经埋在这儿了……"

我们到一个穷人区参观。在国外住久了,很多东西都淡忘了。那景象让我感到震惊:骄阳、尘土、铁皮窝棚、衣不遮体的孩子和简陋的墓地。两栋没有颜色的旧楼分别住着单身男女，他们来自偏远地区，到城里谋生，相当于我们的盲流。第三栋楼晾满了尿布，那是婚姻的旗帜，为绝望的生活带来温情。向导正介绍时，一头牛走到路中间，拉了泡屎，甩着尾巴懒洋洋地走开。

仅几里开外，是一尘不染的现代化城市，名字很怪，叫"新德国"（New Germany）。"啊哈，我喜欢这个名字，""黑手党"高叫道："我前年就他妈被德国救火车撞上，满脸是血，到现在衬衣还没洗干净。"

不知为什么，我开始喜欢他了。我发现在他黑手党式的外表下，有颗脆弱的、多愁善感的心。不管怎么说，他是个少见的怪人，收藏了八千张爵士乐唱片，是那种七十八转胶木的，还有八十副墨镜和五十套黑西服。他虽然戴墨镜，对人对事的判断却相当准确。我问他干吗晚上戴墨镜。他不假思索地说："用不着看太清楚。我们判断人不是根据他的表情，而是动作。"

我们来到一家贫民区的图书馆，五间平房空荡荡的，仅左厢房有十几架书，装在墙上的电视机正播放中国功夫片。"撒哈拉人"不顾病痛，又开始抨击美国文化：看，媒体无所不在，靠的是什么？美元！他妈的，我们的家园被美元毁掉了……

一位当地的黑人作者告诉我们,六年前这里的书架空荡荡的。他和几个朋友四处募捐,和官僚交涉,才有了现在的规模。他们朗诵了自己的诗。"撒哈拉人"跟着跳起来,叫喊着,抡胳膊跺脚,有点儿像文化革命的造反舞。在我的请求下,加拿大的洛娜背诵了她在私立学校读过的那首诗,关于洋葱头的爱情。"黑手党"读了他黑色的诗。

八九个黑人小姑娘在院子里更衣。进图书馆时,我给她们照相,排后面的提起裙子,学明星的样子搔首弄姿。鼓声响起,领舞者高呼,众人应和。她们踢腿翻跟头叠罗汉,动作难度极大。南非女诗人英格丽德告诉我,非洲舞蹈中有很强的竞技性,甚至练到残酷的地步,有时候比舞等于拼命。鼓声戛然而止,指导一招手,全体舞蹈家跟着挤进一辆小车,伸出的胳膊好像两排木桨。

我们回到了"文明世界",在一家旅馆草坪的遮阳伞下,喝着啤酒,眺望起伏的非洲青山。同桌的安娜,被隔壁的三个罗马尼亚人认了出来,拉去合影留念。安娜告诉我,她在布达佩斯不敢上街,否则寸步难行。

天色转暗,一场暴雨来了,在把所有诗人赶进旅馆前,先淋成落汤鸡。

第二天早上我遇见伦德拉夫妇。形势并不明朗,警察和学生在街头对峙。苏哈托(Haji·Mohammad·Suharto)中断了国事访问,匆匆赶回雅加达。军队在调动中,但总司令表示绝不会镇压群众。总司令是他的忠实读者,伦德拉有些得意地透露。是的,他强调,很多人盼着他回去。

牙买加的洛娜,穿紫色长裙,抱着一大束红玫瑰,喜气洋洋,让大家在一张卡片上签名,上面有对组织者的美好祝愿,好像她不远万里,就是为了完成这一神圣使命的。

"基督"一早飞往津巴布韦,参加那儿的一个文化活动。他留下一首诗,是写给我的,请"白求恩"代他朗读。

今天是诗歌节的闭幕式,每个诗人都要登台。但组织者强调,每人一首,越短越好,不得超过三分钟。诗人们鱼贯上台下台。轮到摩洛哥的塔哈,他在朗诵前,用纯正的英语说了几句话,把我和"白求恩"吓了一跳:塔哈会英语!语言竟如暗器一般,可乘人不备。

最后一个是伦德拉。他持厚厚一摞手稿,声称他近日心潮澎湃,夜不能寐,有诗为证。头一句用英文 O fantasy(噢,幻想),剩下的统统是印度尼西亚文。他像个真正的巫师，读一页，顺手把这页手稿抛向空中。除了偶尔重复 fantasy 外，在座的恐怕无人能懂一音一字。他嗓音嘶哑，眼睛燃烧。我琢磨，国家兴亡，把可怜的伦德拉弄疯了，把我们当成雅加达广场上的狂热的群众。他读了二十分钟，手里还攥着把没撒出去的咒符。我和"白求恩"决定退席，刚出门，听见有人喝倒彩，伦德拉草草收场。

牙买加的洛娜终于把玫瑰献了出去。

幕布落下，夜的舞台转动。我们在一家餐馆坐定。明天只有少数人留下，去野生动物保护区，大部分人要回家了。

餐馆一角，有歌手演唱。加拿大的洛娜跳起舞来，一直跳到街上，带动着几个认识不认识的年轻人。"黑手党"领来一个十六岁的女孩子，她是诗歌节颁发给中学生的诗歌奖的落选者。签名时，"黑手党"邀请她和我们一起共进晚餐，她高兴极了。女孩的父亲皱着眉头上下打量他，最后由我们几位作保，才勉强同意。"黑手党"彬彬有礼，鼓励女孩子写作，领她跳舞，他身子笔直，用右臂带着女孩旋转，像影子搅动光明。

"白求恩"和法语集团的"哲学家"举行会谈。当然，是通过翻译。塔哈不再会说英语，他用餐巾纸堵着耳朵，四处溜达。他跟我用手比划——太吵。莫德告诉我，塔哈在台上说的那几句英语，是她事先写好，念了很多遍才记住。

我们点了西蒙（Paul Simon）和加芬克尔（Art Garfunkel）二十世纪六七十年代的老歌，如《寂静之声》(*The Sound of Silence*)、《忧郁河上的桥》(*Bridge over Troubled Water*)。"撒哈拉人"在震耳欲聋的音乐中大叫："这些美国垃圾，毒害人民的精神鸦片……"

"白求恩"告诉我，他跟"哲学家"聊得很投机，若无语言障碍，他们或许能成为好朋友。

这是英语集团与法语集团和解的开始，但可惜太晚了，明天大家又要回到自己的领地，被大片的水域隔开。

## 四

早上在柜台结账，见到"黑手党"。他和我握手，脸色阴沉："我不用给你留地址，你来鹿特丹，总是能找到我的。"说完匆匆走开。"白求恩"告诉我，他们告别时，"黑手党"竟落泪了。法语集团的首脑们到旅馆门口送行，那场面竟弄得有点儿难舍难分。

我们一行九人，分乘两辆吉普车。出了德班先沿海岸开了一阵，再向西北深入腹地。我们这辆车上有我、"白求恩"两口子、莫德和诗歌节经理古拉姆（Gulam），由古拉姆开车。他是印度后裔，三十多岁，小个子，精明强干，经商，兼操办各种文化活动，包括每年一度的德班国际电影节。

莫德被"撒哈拉人"折磨得已不会说英文了，上车便呼呼大睡。莫德年纪轻轻，才二十六岁，来自里昂附近的一个小镇，在大学主修非洲文学，自愿为诗歌节当翻译。她性格有点儿古怪，或者是我有问题，总之，每次说话都岔着，南辕北辙。

赫卢赫卢韦（Hluhluwe）离德班二百八十公里，位于土著祖鲁人（Zulu）的领地，建于1895年，是南非最老的野生动物保护区。其实 Game，在英文原意是狩猎。当年让野兽休养生息，是为了更好地瞄准。如今词意随时代潮流变了，好在野兽们不必为人类阐释的困境发愁。

进入保护区，莫德醒了。我们屏住呼吸，四处搜寻。洛娜的眼睛最尖，先看到一只长颈鹿，优雅地吃着树叶。我们把车开到它身边，它一动不动，能听见它咀嚼的声音。一群黑斑羚穿过道路。几只野猪在树丛里拱动,我用英文管它们叫"丑先生"(Mr. Ugly)。古拉姆对动物了如指掌,他指给我们大象的足迹,狮子粪便中的骨粉和犀牛洗澡的土坑。我们终于见到了两头犀牛,很近。它们动作迟缓,除了吃草,似乎对一切都无所谓,看起来像深刻的思想家,不过绝不跟人类分享。

夜宿山顶旅馆。这里很安全,四周绝壁,通道入口处用铁管铺成,有一定的间距,野兽蹄子会在上面打滑,或卡住。旅馆是一排排草顶小房子,圆圆的,像蒙古包。里面还算干净,只是没有厕所。我们在篝火前烤牛排,喝红酒。"白求恩"两口子帮厨,我做了三道中国菜,众人齐声叫好。酒酣耳热,我和"白求恩"一起唱起《红河谷》。

论经历,我和"白求恩"有不少相似之处:没上过大学,当过多年的建筑工人。他和洛娜同居了二十年。按"白求恩"的说法,"没有合同,每天对我们来说都是新的。"两口子像孩子,一会儿闹别扭,一会儿又挺黏糊。奇怪的是,他们从来没有照相机,按洛娜的说法,"照相机的记忆太有限了"。

几匹斑马不知怎么混进来的,在我们周围吃草。看来起夜还是有危险。去厕所的半路撞上狮子怎么办?

只有我带了闹钟。早上四点半,我挨个敲门。大家无言,喝过和夜色一样寡淡的速溶咖啡,到旅馆服务台门外集合。等着等着,只见一个背着长枪的汉子出现,把一张张纸发给大家。再细看,是生死合同。上面写得明明白白,凡是被野兽叼走的,概不退赔。顿时大梦初醒,但也无奈,只好签字画押。

向导叫艾略特,祖鲁人,个儿不高,很壮实。他把子弹一颗颗压进枪膛,朝我们扫了一眼,作了简短说明:大家要鱼贯而行,不能出声,必要时以打榧子作联络暗号;遇猛兽要镇静,要按他的手势或倒退或躲到树后或散开……他让我想起那个带领我们穿越精神荒原的T.S.艾略特。

我们一行八人,紧跟向导,沿兽路而行,亦步亦趋,生怕落在后面。以前对"紧跟"一词有理解上的困难,比如"紧跟毛主席的伟大战略部署"。现在恍然大悟,紧跟多半出于生理本能——恐惧。兽路与人路就其险恶程度有相似之处,绝不能有任何闪失,否则没有好下场,处处尸骨粪便,即证明。

我头一回体会穿小鞋的痛苦。前两天,我在德班逛街，拣了双便宜球鞋，问过尺寸，说正好。回来一试，生疼，估计小了两号。本来以为脚能把鞋撑大，几日下来，才知道鞋的厉害，尤其在此生死关头。

艾略特作了个手势，让大家停下来。风声飒飒，什么也没有。行几百步，蓦然看见三头犀牛。随他的手势迂回前进，再站定，只剩下十来米。我们屏住呼吸，和犀牛对峙。犀牛大概从记忆深处得知，还是人厉害，于是落荒而逃。我们刚松了口气，队尾的两个比利时女人报告，有头犀牛紧紧跟着我们。艾略特摆摆手，没关系。

我们来到林中的小湖边。几匹斑马正在饮水，对我们的到来并不介意，直到喝够了，才慢吞吞进入丛林。几声怪叫打破宁静，令人毛骨悚然。抬头什么也没看见，大概是秃鹫。在这两个钟头，我穿着小鞋，攥着生死合同，起初闻风丧胆，到后来竟然慢慢习惯了，在后面压阵，方显出英雄本色。

回到旅馆，谢过救命恩人艾略特，有一种再生的喜悦。中午和莫德、"白求恩"两口子在旅馆餐厅点了红烧马鹿肉，尖牙利齿，体会到狮子的凶猛。饭桌上，"白求恩"问起莫德的家庭。"我妈一个月前死了，"莫德平静地说。"白求恩"探寻地盯着她。莫德舔舔嘴唇，她是自杀的。

下午睡过午觉,古拉姆开车,把我们拉到一个观察站。高高的圆木围墙,如同古老的营寨。开门,穿过空场,钻进长长的圆木长廊,上面覆以铁网。终端是个封闭的建筑,像碉堡,木墙上有一尺宽的小窗。窗外是池塘,极静,衬着灰绿的树林。一对野猪夫妇,带着四五个野猪娃儿来饮水。只见父亲在训斥一个调皮捣蛋的儿子,它吱吱吼着,用长长的獠牙撵得儿子满处跑。

一个穿橙色衬衫的男人进来,用法文打招呼,发现莫德是同胞,激动得说个不停。我们全体,包括莫德向他发出警告的嘘声。他坐了一会儿,自觉无趣,悻悻走了。

黄昏来了,静得只能听见鸟的翅膀扑动和虫鸣。一群羚羊饮过水,消失在林中。三头犀牛慢吞吞走来,折断丛林的枝条。一只红嘴巴小鸟坐在犀牛背上,好像沉重的思想中的一点儿灵感。

回旅馆路上,红色的满月升起来。

Copyright © 2015 by SDX Joint Publishing Company.
All Rights Reserved.
本作品版权由生活·读书·新知三联书店所有。
未经许可,不得翻印。

**图书在版编目(CIP)数据**

蓝房子/北岛著. —北京:生活·读书·新知三联书店,2015.10 (2022.9重印)
(北岛集)
ISBN 978-7-108-05483-8

Ⅰ.①蓝… Ⅱ.①北… Ⅲ.①随笔-作品集-中国-当代 Ⅳ.①I267.1

中国版本图书馆CIP数据核字(2015)第221242号

| | |
|---|---|
| 责任编辑 | 冯金红 |
| 装帧设计 | 木 木 |
| 责任印制 | 董 欢 |
| 出版发行 | 生活·讀書·新知 三联书店 |
| | (北京市东城区美术馆东街22号 100010) |
| 网 址 | www.sdxjpc.com |
| 经 销 | 新华书店 |
| 印 刷 | 河北鹏润印刷有限公司 |
| 版 次 | 2015年10月北京第1版 |
| | 2022年9月北京第3次印刷 |
| 开 本 | 880毫米×1092毫米 1/32 印张8 |
| 字 数 | 115千字 |
| 印 数 | 27,001-30,000册 |
| 定 价 | 56.00元 |

(印装查询:01064002715;邮购查询:01084010542)